시로 세상을 읽는 시인 허상욱

2023구상솟대문학상 수상

2023구상솟대문학상 시상식 무대 화면

2023구상솟대문학상 심사위원장 맹문재 교수님과 함께

2023
장애예술인 사업 성과공유회
2023구상솟대문학상 & 이원형어워드 시상식

2023구상솟대문학상 시상식 단체사진

대전점자도서관 시문예창작반 강사

대전문학관 문학 활동

시선 시인선 • 115
니가 그리운 날
허상욱 시집
시선사

달팽이의 집
허상욱 시집

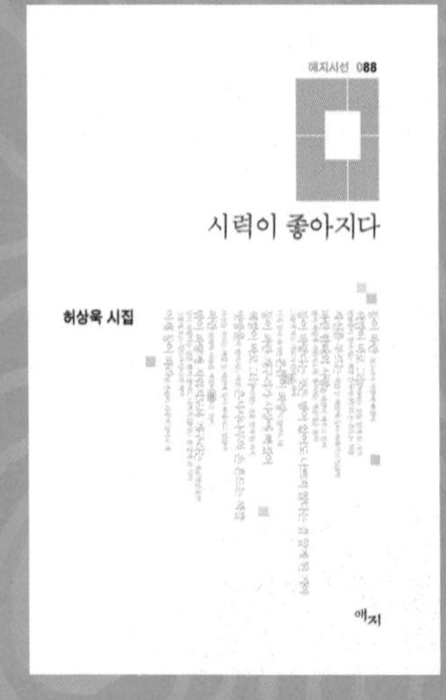

애지시선 088
시력이 좋아지다
허상욱 시집
애지

046
너 내가
시집 보내줄게
POEMS BY
HER SANG WOOK
허상욱 시집
SANG
WOOK
고요아침

60번 죽은 남자
시각장애인 시인
허상욱 집사의
간증 에세이
Oruun Edition

허상욱 시인 대표작

누구 시리즈 ㉝

문학적 초상화 프로젝트

2024년 <누구?!시리즈10>을 발간하며

궁금증이 감탄으로 변하게 하는 이야기를 담은 작은 인문학도서 〈누구?!시리즈〉를 기획하게 되었다. 인문학이란 사람의 이야기를 기본으로 하는데 그 삶에서 장애는 비장애인들이 경험하지 못한 특별한 이야기여서 사람들에게 감동을 준다.

특히 장애인예술은 장애예술인의 삶 속에서 녹아 나온 창작이라서 장애예술인 이야기를 책으로 만드는 〈누구?!시리즈〉는 꼭 필요한 작업이다. 이 책은 장애예술인의 활동을 알리는 소중한 자료가 될 것이기에 〈누구?!시리즈〉 100권 발간 목표를 세웠다. 의문과 감탄을 동시에 나타내는 기호 인테러뱅(interrobang)이 〈누구?!시리즈〉를 통해 새로운 감성으로 확산될 것으로 믿는다.

〈누구?!시리즈 100〉이 완간되면 한국을 빛내는 장애예술인 100인이 탄생하여 장애인예술의 진가를 인정받게 될 것이며, 100인의 장애예술인을 해외에 소개하면 한국장애인예술의 우수성이 K-컬처의 새로운 화두가 될 것이다.

_ (사)한국장애예술인협회 회장 방귀희

시로 세상을 읽는 시인 허상욱 - **누구 시리즈 33**
허상욱 지음

초판1쇄 발행 2024년 11월 1일

지은이 허상욱
펴낸이 방귀희
펴낸곳 도서출판 솟대
등 록 1991년 4월 29일
주 소 서울시 금천구 서부샛길 606, 대성지식산업센터 B동 2506-2호
전 화 02)861-8848
팩 스 02)861-8849
홈주소 www.emiji.net
이메일 klah1990@daum.net

값 12,000원

ISBN 979-11-985730-8-7 03810

주최 

후원 문화체육관광부 한국장애인문화예술원 Korea Disability Arts & Culture Center

시로 세상을 읽는 시인 허상욱

허상욱 지음

따뜻한 봉사로 사는 법

나는 개천에서 난 용이다

나는 아홉수의 시각장애인이다. 아홉 살에는 홍역으로 저시력자가 되었고, 열아홉에는 결핵과 폐렴으로 좋았던 눈을 먼저 실명했고, 스물아홉에는 수술 실패로 나머지 눈마저 잃고 기어이 완전(完全)해졌다.

아홉은 자기 고요의 시간을 의미하며, 열아홉은 상하좌우가 나누어지는 순간들을 각각 다른 시력으로 발견하는 체험의 시간이었으며, 스물아홉은 세상 모든 사물들이 시간과 공간의 혼합이 투명하고도 완벽한 소용돌이를 일으키는 순간이었다고 말할 수 있는데, 이러한 명제들은 나의 아홉을 좀 더 세밀히 사색하는 시절로 만들었고, 열아홉은 나를 나로서 존재하게 하는 기회의 시간들을 나열하게 하였으며, 스물아홉은 가능한 현실을 지각하여 미력한 육신을 탈각(脫却)한 것으로 먼저 나만의 완성한 시력을 이루어 낸 것이라 볼 수 있다.

오늘 아침에 막 출근하여 호세 펠리치아노(Jose Feliciano)의 〈Che Sara〉를 들었다. 개구진 육성에서 흘러나오는 슬픈 이 곡조는 내 대뇌피질의 주름을 하나씩 지우기 시작했다. 갑자기 마른하

늘에 겨울비가 내렸다. 지금껏 환했던 햇살이 오늘은 우중충하고도 끈끈한 빗줄기로 화하였다. '내일이라는 계절이 찾아오면 연둣빛 싹들이 초록의 계절로 옮겨 갈 것이다.'와 같은 희망의 문구를 나는 또 아무렇지 않게 쓰고 말 것이다.

고로 그 호세 펠리치아노의 슬픈 리듬은 그동안 호메로스와 존 밀턴과 헬렌켈러가 연산해 놓은 긍정의 희망적 고문을 단숨에 빠개 버리고 나를 다시금 그 참혹하도록 아름다운 심연으로 끌고 들어가는 것이다. 그러면서 또 한 편의 희극도 아닌 비극도 아닌 이상한 대본을 내 눈앞에 펼쳐 놓는다. 그 가운데 멀뚱히 선 나그네로 나를 끌어당겨 세운다. 그리하여 나는 또 한 편의 시 아닌 시를 짓무른 눈가를 찍으며 완성할 수밖에 없다.

과연 개천에서 용이 날 수 있을까? 하지만 여러분들은 지금 개천에서 난 용의 글을 읽고 있다. 버스에서 거지 행색으로 신문을 팔던 아이가 시인이 되어 있는 그 시인의 글을 읽고 있는 것이니 말이다.

강희안 교수님이 나에게 작위처럼 내려 주신 따뜻한 봉사로 사는 것이 나의 인생 목표이다. 여기서 봉사는 봉사 활동이 아니라 시각장애인을 뜻한다. 봉사가 장애인 비하 용어라고 말하지만 나는 봉사를 나의 당당한 정체성이라고 생각하기에 따뜻한 봉사가 나의 캐릭터이다. '나 이제 봉사로 살아가리라'라는 문장을 거듭 강조하고 있다. 이제야 비로소 따뜻한 마음으로 누군가를 위해 봉사 활동하며 살아가고 싶은 것이다.

2024년 여름 대전 갈마동에서

시인 허상욱

차례

검정 고무신

...

내 어릴 적의 울음은 딱히 무언가를 목적한 것이 아니었다. 결핍이라든지 상실이라든지 그저 소회의 끝에서 부르르 끓어오르는 밥물처럼 일순 그렇게 터져 나왔다. 그 기억의 울음 역시도 그러한 경지에 도달했을 때 억눌렀던 것처럼 찔끔찔끔 넘쳐 나기 시작했다.

내가 서른이 넘어 검정고시를 보러 간 시험장에서 과거 저편의 잊은 것인지 잃은 것인지 모를 그 기억 때문에 잠시 울컥해진 이유도 거기 있었다. 잃은 것과 찾은 것의 차이와 없는 것과 있는 것의 구분과 잊은 것과 아직 남은 것의 분별을 얼핏 감각한 것이다.

내 유년의 슬레이트집 앞에는 닭 몇 마리 뛰어놀던 우묵한 마당이 있고 거기를 둘러친 토끼집과 울바자로 궁핍을 가린 삶이 있었다. 또 비스듬히 내려간 마당 앞에는 개활진 논과 우리 집터의 경계를 짓는 도랑이 하나 있었다.

벼 포기 사이사이로 내리던 가랑비가 개구리 빰의 울음과 뻔뻔함을 함초롬히 적셔 놓고 흘러간 후인지라 도랑은 몇 배 위엄해진 물소리를 게워 놓고 있었다. 내 얼굴에 눈물 자국처럼 다만 바싹 말라 있는 때가 많던 자리여서 그 도랑에서의 물놀이는 오물오물 토끼의 주둥이를 들여다보고 있는 것이나 수탉의 꽁무니를 쫓는 것에 비할 바가 아니었다. 두 갈래의 혀를 날름거리는 뱀의 머리가 튀어 오르거나 언제 붙어 있는지 모르는 거머리의 간질간질한 빨판도 문제 될 게 없었다.

누구와 노느냐 하는 것도 또한 문제 될 게 아니었다. 중태미(버들치)와 송사리는 손으로 움키려 하지 않아도 보고 있는 것만으로도 얼마든지 재미가 훌륭했다. 어떤 녀석은 윗논 근처 둠벙에서 내려온 것이었고 어떤 녀석은 아래 개울에서 먼 길을 올라온 까뭇까뭇한 눈빛이었다. 그런 행적을 짐작해 보는 것은 내가 그때 이후 가진 하나의 습관이 되었다.

나는 그것들과 불공평하고도 불편한 게임을 시작했다. 잡는 것과 잡혀 주지 않는 것에 대한 사투였다. 나의 재미만을 위한 것이 아니었을 거라고 생각한다. 녀석들은 충분히 그래 보였다. 내가 약올라 하는 만큼 그 조그만 것들의 꼬리 짓은 제법 날렵했던 거였다. 이리저리 잘 잡혀 주지 않는 녀석들을 위해 나는 변칙적인 방법도 착안하였다. 검정 고무신이었다. 헛간에 둘둘 말아 놓은 족대나 벼름박에 걸어 놓은 얼개미 따위를 생각해 낼 시간은 내게 없었다. 내달음쳐서 그걸 가져올 때까지 녀석들은 나를 기다려 주지 않았다.

물고기를 잡는 용도로 고무신은 완벽하지 못했다. 국민학교 3학년 무렵에 일을 말하자면, 친구가 모래밭에서 장난감 자동차로 부릉부릉 놀 때 나는 이것으로 부릉부릉 놀았다. 친구가 냇가에서 장난감 배를 띄우면 난 이것을 띄웠다. 친구가 파리채로 파리를 때려잡을 때 나는 이것으로 파리를 때려잡았다. 그리고 친구도 때려잡았다. 파리는 죽고 친구는 아직 안 죽었다. 그렇게 도구로도 무기로도 충분하지 못했다. 대추도 땄다. 밤도 땄다. 대추도 밤도 떨어지지 않았다. 그러나 고무신은 잃어버렸다.

그렇다. 그날도 나는 송사리 중태미 때문에 고무신을 잃어버렸다. 역시나 뱃속 무언가를 끌어올리듯 으으응 곡지통을 쥐어짜는 수밖에 없었다. 내 생에 처음 치른 문제지가 고무신 때문에 일어났던 거였다. 이것은 검정고시나 운전면허 때에 각인되어진 시험과 같은 상실의 체험이었다. 그런데 우연히 거머리가 붙은 정강이가 간지러워 못 견뎌 긁던 중 고무신을 찾았다. 그토록 숲을 헤쳐 보고 도랑 아래까지 걸어 내려갔어도 찾지 못한 걸 우연하게 허탈하게 찾은 거였다. 고무신은 내 왼손에 들려 있었다.

물론 내가 지금 50이 넘어 드문드문 징검다리처럼 그 기억 속으로 회향하는 것은 그 추억의 편린(片鱗)으로 되돌아갈 수 없다는 확인뿐일 수도 있겠다. 분명 그 상실은 결핍이나 소회라는 것처럼 결코 슬픈 건 아니었다. 내 인생의 가장 결정적인 흠은 어린 시절의 기억이라 하겠지만 또한 가장 훌륭한 수채화로 남은 것 또한 그 기억뿐이다.

그렇게 어떠한 사건이나 문제에 봉착했을 때의 가장 완벽한 답이 되는 실마리의 위치를 내 어린 시절에 이미 알고 있었던 셈이다. 다만 시간과 공간의 장난이라고 생각하며 보아 줄 시야가 필요했을 뿐이다.

외딴집엔 전깃불도 들어오지 않았다

...

이맘때면 나는 흘러가는 은하수의 무리처럼 떠오르는 기억의 부스러기가 있다. 큰형 영욱과 둘째 형 민욱과 냇가로 고기를 잡으러 갔던 일이다. 겨울철에 물고기를 잡으러 가려면 우리는 도끼를 가져가야 한다.

도끼는 참으로 범상한 도구다. 몇 해 전 어느 인터뷰에서 도끼를 들고 물고기를 잡으러 갔었다고 하니 물고기가 그렇게 큰 게 있었냐고 하며 진행자가 깜짝 놀랐던 기억이 있다. 또 그러면서 무슨 '선녀와 나무꾼' 대본이냐고 물어보기도 했다.

아니다. 커다란 바위 아래는 물고기들이 가수면(假睡眠) 상태로 겨울잠을 자고 있는데 그런 물고기들을 기절시켜 물의 표면으로 떠오르게 하는 것이다. 우리 동네에서는 이걸 벼락고기를 잡는다고 했다.

쾅! 쾅! 바위를 도끼로 수차례 내려치면 중태미, 붕어, 송사리, 모래무지, 구구락지(꾸구리) 별의별 것들이 둥둥 떠오른다. 그러면 나와 둘째 형은 바위 아래쯤에 서 있다가 조리나 얼개미로 그 맥없이 떠오르는 그 영혼이 분리된 주검들을 얼른얼른 건져 내기만 하면 되는 거였다.

늘상 배가 고픈 우리 형제들은 먹을 것과 먹지 못하는 것으로 모든 걸 분류하는 습관이 있다. 그 겨울의 개울가에서의 도끼질은 그 분류를 위한 일말의 동작이었던 것이다.

외딴집엔 전깃불도 들어오지 않았다

마당을 들어서면
박자도 가사도 없는 술타령에
깜빡 꺼졌던 남폿불은 다시 켜졌다
개집 누렁이도 꼬리를 감추었다

따비밭 다락논에 시름이 더해 가던 아버지
싸라기 잡곡에 허기진 육자배기 곡조가 구성지고
된장 시래깃국에 헛배 부른
빈속 더 출렁였다

감나무 붉어진 거라도 치켜 올려다보면
하늘은 더없이 검고
제 씨알이 무거워서

한 뼘 더 늘어져 흔들렸다

참새를 쫓는 건지 좇는 건지
훠이훠이 신파극 넋두리에
굿판은 길어 갔다
다행히 산은 깊었고
마을은 멀었다

뒤꿈치가 닳아 맨살이 보이던 고무신
흉년이라서
당신만 흉년이라서
꺼이꺼이 외딴집엔 전깃불도 들어오지 않았다

고구마 농사가 주종이었던 우리 일가(一家)는 그해 수확의 양에 따라 궁핍의 정도가 가늠되어질 수밖에 없다. 널따랗게 구획된 농로조차 없는 맹지(盲地)에서의 고립된 농사는 우리 아버지와 어머니를 몹시도 힘들게 했다. 따비밭이니 다락논이니 하는 말들이 우리 형제들에게는 익숙한 단어로써 예사 서울내기들에게는 생소할 것이다.

비료값 농약값이 부족하여 그저 육신의 대가로만 지어먹던 결과는 뻔한 것이었다. 풍년은 남의 집 얘기였고, 이밥에 고깃국 밥상은 생일날, 잔칫날에나 먹을 수 있는 호사였다. 이 시는 그러한 우리 집 춘부장의 고난을 보여 주는 시인 셈이다.

내 유년 시절에서의 신작로는 멀었다. 학교도 멀었고, 미래는 더 멀었던 셈이다. 그토록 삶에서 우울하게 날인(捺印)되어진 기억이 마냥 단단한 줄만 알았던 세월은 내 나이 서른 무렵까지 이어졌다. 내 삶의 담벼락들을 간단히 무너뜨리는 그런 날이 오게 될 거라는 것은 철없던 어린 시절에는 상상조차 할 수 없는 거였다.

누구나 아득하게 자신을 뒤돌아보는 시점에 망연하게 설 때가 있다. 나 역시도 그랬다. 잊을 수 없는 것은 어차피 잊혀지지 않는 거라고 밀쳐 두고 살다 보면 그리움이 성긴 문풍지 틈새로 으실으실 스며 나올 때 그제야 비로소 '나는 시골 촌닭에서 벗어날 수 없는 거였구나!'라고 인정하게 되었다.

내가 시와 아름다움과 낭만과 사랑으로 귀결되는 그러한 자아의식의 자리로 나의 의지를 봉착시켜야 한다던가 혹은 내가 살아가는 이유여야 한다는 것을 나는 이미 알고 태어났는지도 모른다.

궁핍이라든가 결핍이라든가 사랑의 부재라든가 육신의 장애라든가 밤마다 찾아와 내 망막 깊숙한 곳에서 명멸하는 그 어떤 그리움까지 나를 괴롭게도 슬프게도 할 것이다. 다만 그러한 경지에서의 착오인 듯한 허울에 대한 긍정적 혹은 부정적 자세만이 내가 취해야 할 몫인 셈이다. 그리하여 내 정수리를 단숨에 빠개 버리고 들어올 그 날인의 순간을 오늘도 나는 고개 숙여 내밀고 있다.

코끼리한테는 수박도 한입거리

…

질풍노도(疾風怒濤)란 말이 어울리는 때는 역시나 중2 때부터였다. 안성 산골에서 서울로 옮겨 놓은 내 육신과 사고는 도시생활에 적응되어지지 못했다. 능동, 군자동, 하일동으로 이어진 이사길의 행로에는 수많은 피와 눈물이 뿌려져 있다. 유독 심약한 내 심성도 그렇거니와 칠판 글씨조차 볼 수 없이 떨어진 내 시력은 완고한 콘크리트로 무장되어진 사람이 사는 무인도에 나를 순항하지 못하고 표류하게 만들었다.

숫자가 많은 형제도 되려 걸림돌이 되었다. 밖에서 다른 친구들에게 맞고 들어오면 나는 집에 들어가 또 맞아야 했다. 큰형한테 맞고 작은형한테 맞고 그러면서 가족 구성원의 일원이 될 수 없겠다는 자괴(自愧)로 자괴(自壞)에 빠져들었다.

"병신아, 기껏 맞고나 다니냐? 나가 뒈져라."

나를 유독 괴롭히는 녀석의 얼굴에 연탄재를 퍽썩! 깨뜨려 버림으로 인하여 억지로 힘겹게 이어 놓으려던 구성원에서의 일탈을 본의 아니게 저질러 버렸다. 보기 좋게 박살 난 것은 연탄재만은 아니었다. 심약한 영혼을 육신으로부터 떼어 내기 위해서는 나름의 고난을 감내해야 했다. 그 자리가 그토록 착한 척하며 살아야 하는 내 일생에 대한 회안점이었을 것이며, 가족들과 형제들의 폭력에 대한 내 작은 몸부림으로 저질러 버린 미미한 폭력이었으며, 이토록 나를 방치하다시피 한 부모에 대한 일말의 반항이었다.

그러나 바깥 세상도 그닥 다를 게 없다는 걸 모른 건 내가 저지른 것 중 가장 큰 실수였다. 어쭙잖은 시력으로 강행한 공장 생활들은 이루 말할 수 없이 힘들었다. 그중에서 몇 가지만 소개한다. 모두 다 자세하게 펼치자면 내게 할당된 지면이 너무도 제한적이기 때문이다.

첫째는 신문팔이로 나는 이곳에서 27일 동안 있었다. 성남과 서울의 중간 지점이 되는 복정동이란 동네에 거점을 두고 있는 이 조무래기 무리들은 건달과 양아치 중간쯤 되는 3인의 조직이 관리하고 있는 소규모 깡패 집단이었다.

가출을 하여 서울의 아차산 뒤편 예비군 훈련장으로 쓰기 위해 산을 움푹하게 깎아 놓은 곳의 가장 안쪽 바위 무더기 틈에서 나처럼 집을 나와서 떠돌고 있는 내 또래의 두 소년을 만났는데, 이 아이들과 천호동으로 무얼 사 먹을까 놀러 나왔다가 복정동 소속으로 된 그 신문팔이 아이들을 만난 것이다. 그래서 나는 그 두 아이들과 이별을 하고 복정동으로 합류를 하였다.

"죄애쏭함다. 방금 이 소년이 전달해 드린 신문은 일금 100원씩에 모시고 있슴다. 한 분도 거절하지 마시고 신문 한 부씩만 거두어 주시면 정말로 감사하겠슴다. 아저씨, 형님, 누나 되시는 분들 발걸음이 목적지까지 무사하게 닫기를 원하오니 부디 불쌍한 소년 앞날에 희망을 주신다 생각하시고 한 부씩만 팔아 주시면 정말 감사하겠슴다."

소장과 총무를 보는 두 청년들에게는 몸에 수없이 많은 문신과 칼자국들이 마치 다진 고기처럼 새겨져 있었다. 아이들을 때리거나 밥을 주지 않거나 하는 일은 없었는데, 이들이 사람을 쳐다보는 눈빛은 저절로 상대로 하여금 주눅들게 하거나 굴종하기에 충분했다.

한 부에 100원씩 하는 신문을 팔아 8천 원을 채워야 하는 입금도 그닥 힘들지는 않았다. 다만 언젠가 집으로 돌아가야 한다는 생각 때문에 하루하루가 불안하였다. 그렇지만 집에 가야겠다는 말은 쉽사리 내 입에서 나오지 않았다. 왠지 그 말을 했다가는 무슨 일을 당하고 말 것 같은 막연한 생각이 들었기 때문이었다. 마치 내 몸뚱어리에 무언가 다져진 무늬가 울긋불긋 생겨날 것 같은 생각이 들었다.

그러다가 27일쯤 되던 날 성남에 살고 있는 이모에게 발각되었는데 내 꼴이 말이 아니었다. 머리가 덥수룩하게 자란 데다가 입고 있는 옷은 꼬질꼬질하고 시골 학교 경비아저씨나 신고 다닐 만한 커다란 슬리퍼를 어그적어그적 끌고 있는 모양으로 집으로 돌아오게 되었다. 어머니가 사람들 많이 다니는 복정동 정류장에서 버럭버럭 소리를 지른 것은 생략하기로 한다.

둘째는 연탄 배달이다. 작은형 민욱과 함께 겨울철 보름가량을 일했는데 나름 힘들었지만 보람된 일이 아니었는가 싶다. 시력이 좋지 않아도 그 일을 하는 데는 크게 무리가 없었기 때문이었다. 열다섯 내 인생에 알통이 처음으로 생겨났다.

셋째는 풀빵 장사이다. 연탄 배달을 해서 생긴 돈으로 형이 느닷없이 풀빵 리어카를 끌고 왔던 거였다. 이 풀빵 장사는 3일을 했는데 막상 장사를 시작하려니까 형이 창피해서 못하겠다고 연탄 배달로 돌아가 버렸기 때문이다.

그래서 나 혼자 만들어 놓은 앙금과 반죽을 다 팔아 버리고는 끝을 냈다. 시력이 많이 필요하지도 않았으며 힘들 것도 창피할 것도 없었다. 그러나 이상하게 내가 구운 풀빵은 맛이 없었다. 팔지 못한 풀빵을 내가 먹다가 먹다가 결국 다 먹지도 못하고 집에 싸 들고 들어왔다. 동생과 어머니는 그 풀빵을 데워서 먹었다. 그들은 맛있다고 했다.

넷째는 텍스이다. 당시 덴조 혹은 텍스라고 불리는 이 일은 천장을 석고보드로 시공하는 공사로써 드디어 내가 시력의 부재를 여실히 알게 된 일이다. 이 일은 1주일을 했다.

"이놈아. 똑같이 처먹고 왜 속도가 그거밖에 못내냐? 뭘 쳐다보고만 있냐? 콱! 도로방(드릴)으로 눈구멍에 마창을 내주랴? 뒤통수에 눈구녁을 맹길어 주랴?"

이렇게 심한 욕을 먹었다. 문학이라는 장르에 표현의 자유가 있다지만 그걸 다 표현할 수 없다.

다섯째는 가방 공장이다. 영세한 이 공장에서는 3시간을 일했다. 재단사가 재단을 한 것을 봉제반에서 드륵드륵 미싱으로 박는다. 그러면 이 봉제된 걸 다음 미싱으로 옮겨 주는데 실밥도 똑똑 끊어 주고 너무 길게 삐져나온 원단은 가위로 싹뚝! 잘라 주면 되는 거였다. 그런데 그 옆으로 삐져나온 걸 가위로 자르는 순간 일이 발생했다. 봉제선 바깥으로 가위를 지나야 하는 것인데 그게 잘 보이지 않았던 거였다. 미싱을 돌리고 있던 사장님이 한 번은 참아 주겠다는 말투로 넘어갔다. 그러나 또 한 번 다시 또 한 번….

"야야, 너 안 되겠다 그냥 집에 가라."

그러면서 내 손에 2천 원을 쥐여 주었다. 그래서 멀뚱하니 이러지도 저러지도 못하고 엉거주춤하고 있었다.

"점심이나 먹고 가라. 그럼."

내 일생에 그 성수동의 가방 공장이 최단기간에 잘린 직장이 되어 버린 셈이다.

여섯 번째는 열쇠 공장이다. 여기서는 석 달가량 일했는데 이곳에서는 금속판을 프레스로 덜컹덜컹 열쇠 모양으로 자르면 재단된 열쇠를 앞뒤로 길게 홈을 파 주면 끝난다. 공정이 아주 간단했는데 나는 그 홈을 길게 파 주는 일을 했다.

내가 두 달을 막 넘겼을 때 프레스 공정에 있던 공원이 손가락이 댕강 날아가는 사고를 당했다. 그래서 나보다 바로 앞에 들어온 선임이 그 프레스를 맡았는데 그 선임도 5일이 채 안 되어 또 사고가 났다. 엄지손가락의 일부가 손톱과 함께 반달 모양으로 떨어져 나간 거였다. 그래서 어쩔 수 없이 내가 그 프레스에 앉게 되었다.

눈이 잘 보이지 않았으므로 일단은 빈 프레스를 먼저 '덜커덩!' 하고 밟아 보았다. 무시무시했다. 공장장과 사장은 옆에 와서 지켜보고 있고 나는 또 그 시선에 안절부절못했다.

내 키보다 더 큰 이 프레스는 한 번 밟고 발을 떼는 게 아니라 계속 밟아서 '덜커덩! 덜커덩! 덜커덩!' 하고 찍어 내는 작업인데 나는 너무도 겁이 나서 한 번 밟고 발을 떼고 또 한 번 밟고 발을 떼고 그랬다. 그랬더니 공장장이 소리쳤다.

"장난하냐? 그냥 밟고 있는 것도 못하냐?"

못하겠다고 할 수가 없기에 신중하게 겨냥을 하고 밟았다. 그러면서 원단인 쇠판을 간격에 맞도록 조금조금 밀어 넣어 보았다. 그랬더니 일이 차곡차곡 진행되어 가고 있었다. 그때 눈으로만 하는 게 아니라 감각으로도 일이 된다는 것을 알았다.

그런데 문제는 월급날 가까운 무렵에 발생했다. 내 감각을 너무 믿은 것도 그렇거니와 공장 안쪽에서 고래고래 소리를 지르며 카세트에서 나오는 노래를 따라 부르는 소리에 나 역시 기분이 고조된 것이 일을 내고야 말았다. 그 노래는 바로 이거였다.

'술 마시고 노래하고 춤을 춰 봐도 가슴에는 하나 가득 슬픔뿐이네. 무엇을 할 것인가 둘러보아도 보이는 건 모두가 돌아앉았네. 자! 떠나자. 동해 바다로, 삼등삼등 완행열차 기차를 타고.'

'자! 떠나자' 하는 노래의 가사 무렵 내 손을 프레스의 몰드(열쇠의 원단을 직접 찍어 내는 금형 틀)가 덮어 내리는 게 느껴졌다.

기겁하여 얼른 잡아 뺐으나 손가락의 끝을 몰드는 댕강 잘라먹고 올라가 버렸다. 정확히 말해서 면장갑과 손톱의 일부를 손톱깎이처럼 싹뚝 잘라먹고 아무렇지 않은 듯 프레스는 시치미를 뚝 떼고 뒷짐 진 노인처럼 우뚝 서 있는 거였다.

이 열쇠 공장은 내가 미련이 아주 많이 남은 곳이다. 프레스만 아니었다면 그 프레스만 아니었다면 1년이고 10년이고 계속해서 근무했을 것이다. 지금 안마사로의 직업을 가지고 있는 현실에서 내 손가락의 안위는 천만다행일 수밖에 없다. 그때 하나의 손가락이라도 먼저 이별을 했다면 지금 하고 있는 일을 수월하게 할 수 없었을 것이다.

일곱 번째는 우레탄 공장이다. 우레탄을 이용하여 하회탈 모형이나 액자틀 같은 걸 생산하는 공장인데, 이곳에서는 한 달을 겨우 채웠다. 역시나 시력 때문에 일이 느려서 고생을 하였다.

여덟 번째는 잠바 공장이다. 수출용 고가 잠바를 생산하는 곳이었는데, 완성반에서 금속 단추를 박을 자리에 펀치질을 해서 구멍을 뚫어 주는 일을 했다. 일이 힘들고 야근이 많았으나 근무를 못할 정도는 아니었다.

이곳에서는 이성 관계가 문제가 되었다. 내가 별로 좋아하지도 않은 여자애 때문에 발생한 거였다. 나를 좋아하는 여자애를 다른 녀석이 좋아하는 게 알려지면서 나를 향한 집단 몰매가 있었고 또 그것들이 반복되는 과정에서 원인 제공이 되었던 녀석을 밤중에 골목으로 불러들여 죽지 않을 정도로 두들겨 패 주고 해결을 했다.

그날이 다섯 번째 되던 달의 월급날이었다.

아홉 번째는 만두 공장으로 성남 제2공단 안에 있는 공장이었다. 여기는 일곱 달을 일했다. 여기도 오래 근무하려 열심히 일했다. 그러나 회사가 큰 만큼 매년 건강검진과 신체검사가 있는 게 문제였다. 시력은 위생과 밀접한 관계가 있으므로 근무하고 싶어도 더 이상 근무할 수 없게 된 거였다. 3개월 만에 획득한 조장의 직책도 동시에 반납했다.

열 번째는 인형 공장으로 대략 1년가량을 일했다. 근무 기간을 정확하게 추정할 수 없는 것은 한 곳에서 근무한 게 아니었기 때문이다. 지금의 하남시인 과거 신장에 있던 공장들이다. 일광산업, 동우실업, 조일산업, 그리고 이름도 없는 소규모 가내공장까지 네다섯 곳은 옮겨 다닌 것 같다.

조형사(눈을 망치로 박는 일을 하는 사람)로 일을 했다. 이곳에서는 참으로 지조도 없이 일했던 것 같다. 이쪽에서 월급을 몇 만 원 더 준다면 이쪽으로 옮겨 가고 저쪽에서 그러면 그쪽으로 옮겨 가고 그랬다. 또 여자친구도 생겨 그 애가 가자는 쪽으로 옮겨 가기도 했다. 그랬어도 받은 돈은 쥐꼬리만 했다.

그래서 열한 번째로 오동나무 박스 공장에 갔다. 이곳은 오동나무로 약상자, 반상기 상자, 도자기 상자 등과 같은 나무 박스를 생산하는 곳이었다. 여기서는 6개월가량 일했다. 이때부터 몸으로 일하지 않고 머리로 일하는 걸 체득하기 시작한 곳이다. 위험한 기계들을 다루면서도 점점 기술이 생겨서 사장과 공장장에게 신임을 얻기 시작했다.

열두 번째는 탁자 공장이다. 오동나무 박스 공장을 다니다가 스카우트되어 가게 된 곳이다. 오래 있지는 않았다. 또 스카우트가 들어왔기 때문이다.

열세 번째는 불단(佛壇) 공장이었다. 불단은 일본에서 집집마다 그 안에 불상을 모셔 놓고 아침마다 예불을 올리는 함을 말한다. 당시 공원 한 사람의 월급이 30만 원에서 많게는 4, 50만 원 정도가 되는 시절에 1천만 원 하는 고가의 제품을 생산하는 곳이었다.

여기는 일주일밖에 근무하지 못했는데 기존에 다루던 기계들과 차이가 너무 났던 거였다. 현대식의 기계들은 어쭙잖은 시력으로는 다룰 수가 없었다. 또다시 시력의 부재를 깨닫게 된 곳이었다.

열네 번째는 장식장 공장이다. 여기서는 열아홉 살 때까지 근무를 했다. 나에게 있어서 열아홉은 혹독한 신열의 나이였다. 인형 공장, 오동나무 공장, 탁자 공장들을 근무하며 속으로 얻어진 병은 여기서 더욱 중해졌던 거였다. 결핵과 폐렴을 동시에 얻어 공장에서 더 이상 근무하기 힘든 지경에 이르렀다.

열다섯 번째 공장은 젤리, 잼 공장이다. 이 공장에서의 이야기는 할 말이 많지만 다음 글로 넘기기로 한다.

예전 어느 공무원이 나에게 자신은 젊어서 정말 힘들게 살았다고 말한 적이 있다. 밤에 웨이터 생활을 한 적이 있었다고 했고, 시장 입구에서 군고구마를 판 적이 있었다고 했다.

그렇다. 고생이라는 것은 참 좋은 것이다. 어디서든 할 말을 제공하기 때문이다. 당시 나는 그 얘기를 듣고 과거 나의 고생과 비교를 하면서 속으로 한껏 비웃어 주었던 기억이 있다. 그렇지만 비교도 사실은 부질없는 거였다. 개미에게는 대추 한 알도 큰 거고 코끼리한테는 수박도 한입거리이기 때문이다.

그래서 나는 내가 겪은 고난을 남들에게 이야기하지 않는다. 더욱이 그것들을 고난으로 말하지 않는다. 나보다 훨씬 힘들게 살아온 이들이 어딘가에 분명 있기 때문이다. 행여 이야기할 기회가 있을 때에는 그것들을 미화(美化)하여 재밌게 우스꽝스럽게 이야기해 줄 뿐이다.

100원짜리 환희

…

하일동 제비

그해 추석
하일동 128번지 우리 여섯 식구는
아래층 열 세대와 위층 다섯 세대가
2층 두어 평 옥상에 올라
멀리 떠나려는 제비들을 구경하였다

전기세 많이 나온다고 타박하던
주인집 둘째 딸년과
우리 집 된장 몰래 퍼가다 들킨
요꼬쟁이 홍가 놈과
전파사에서 일하는 이름 모를 청년까지
새카맣게 모여든 제비들을 구경하였다

시골살이가 되려 나을 것 같다는
조씨 아저씨와
악착같이 돈 모아서 지난달 전세방 옮겨간
공돌이 부부는 없었어도
제비는 올해도 강남 가기 전
하일동 128번지 옥상이며 전깃줄에
잠시 들르러 왔다

우리 128번지 식구들은 멀리 떠나려는 제비를
한참 구경하였고
제비들도 우리 하일동 식구들을
한참 동안 구경하였다

환희

1
자다가 눈 떠 보면 어둠 저편
가끔씩 점멸하듯 깜북이는 불빛이 있었다
88올림픽을 두어 해 앞둔 무렵 일이다

긴 밤의 터널 저편에서 아버지는 꺼질 듯한 불씨를 사르고

계셨다
장판에는 몇 개의 까만 점이 생기고
재떨이에는 꽁초들이 무슨 기호처럼 구부러지고
방바닥에는 어머니 한숨이 쌓였다

어둠 저편 아버지의 환희는 희미하게 타고 있었다
서울로 이사 와 능동에서 군자동으로
그리고 하일동까지

쿨럭쿨럭 백 원씩 지불해 놓은
점점이 떨어뜨려 놓은
꺼져 가던 아버지의 불씨였다

2
당뇨에 폐결핵까지 앓고 있는 아버지는 구제불능이었다

인형 공장 야근에 늦은 발걸음 집으로 돌아와 보니
안성서 오신 고모들과 사촌 형제들이
좁은 방에 한가득이었다

울고 있는 어머니 등 너머
빛바랜 병풍이 이승과 저승의 경계를 가르고 있었다

정오 무렵이 되어서
방바닥에 온통 각혈을 해 놓으셨다고 했다

지금껏 뻐끔뻐끔 삼켰던 붉은 환희를
방바닥에 한꺼번에 쏟아 놓고
홀연 우리 사 남매의 곁을 떠나간 것이다

그때 이후 100원짜리 환희는
어떠한 구멍가게에서도 찾을 수가 없었다

시 〈환희〉는 아버지의 얘기다. 내가 인형 공장에 있을 무렵의 사연으로 깊은 밤 당뇨에 폐결핵까지 앓고 계신 아버지가 베개를 끌어앉고 싸구려 환희 담배를 피우고 있는 모습은 지금도 눈에 선하다.

'아, 이번 생은 실패란 말인가….'

한숨 소리가 그렇게 뇌이는 침음처럼 지금도 들리는 듯하다. 아버지는 안성에 살 때 '새마을 담배'를 피우셨다. 그러면서 서울로 이사를 오면서 그 담배의 단종으로 인하여 어쩔 수 없이 환희로 담배를 갈아타게 된 거였다. 단종은 아버지가 피우던 새마을 담배에만 국한된 게 아니었던 셈이다. 이미 담배는 은하수, 청자, 아리랑, 장미, 솔과 같은 고가 담배들이 생산되고 있는데도 결국 100원짜리 환희 담배로만 살다 가신 아버지, 그 아버지가 불사르고 싶었던 환희는 무엇인가 나는 묻고 싶다.

'그때 이후 100원짜리 환희는 어떠한 구멍가게에서도 찾을 수가 없었다'와 같이 우리는 이미 물질만능주의에 곁다리를 얹고 그들이 내려주는 부스러기들에 입맛이 맞춰지고 있는 게 아닐까 얼핏 그런 걸 연상해 볼 뿐이다. 물질이 대가로 지불되어야만 환희 즉, 행복을 맛볼 수 있는 세상이 도래하고 있는 게 아닌가 싶다.

고로쇠 병동

고로쇠나무의 숲은 중환자실이다
108호 병실이 하얗게 나부끼는
수액을 흘려보내지 않으면 나무가 될 수 없어서
낭떠러지같이 묶인 침대 위에서

다리 사이 늘어진 긴 호스를 따라
노란 오줌의 핏물이 빠져나올 때마다
두 다리는 떨리는 산고의 기척인 양
한숨의 수위를 간호사가 비워 냈다

이 기나긴 잠은 어머니의 전생,
봄을 기다리는 나무의 꿈처럼
호흡기를 빠져나오지 못한 더운 입김으로
봄을 찾아가는 나무가 되었다

이 생의 연결 호스가 빠지지 않게
조심조심 암흑 속에서 물을 길어 올리는 일이어서
잔설의 머리칼을 푹신하게 묻어 두고
낡은 무릎의 가지가 휜다

반투명 물통이 점점 차오를 때
어머니는 동물성의 기억을 잃어갔다
이 생에서 채운 수액은 5.1L
어머니를 산 사람이라 부르지 않기로 한다

희미한 형광등 불빛을 핥으며
열 개의 손가락 수피는 점점 굵어지고 차가워졌다
뼈와 살과 힘줄의 시간을 다 덜어내고 나면
조문도 없이 어머니는 봄으로 건너갈 것이다

시 〈고로쇠 병동〉은 성남 벧엘병원 305호실에서 있었던 일이다. 아버지의 폐결핵이 나에게 옮겨지고 나는 한 달 가까운 기간을 고열에 시달리면서 시력이 조금이나마 더 좋은 왼쪽 눈을 먼저 실명했다. 결핵에 폐렴까지 동시에 불어닥친 거다. 눈을 실명하면서도 그 눈에 대해서는 신경 쓸 틈이 없었다. 밥도 먹지 못하고 링거만으로 지내는 날이 점점 늘어 가고 있었기 때문이다. 가까스로 몸을 추스려 퇴원하였을 때 체중이 48킬로그램이었다. 키 175cm에 70킬로그램을 유지하던 몸이 형편없이 망가져 버린 거였다.

어머니는 성남 수진리고개 '낙원정'이란 식당을 운영하던 중 돌아가셨다. 그때가 어머니 나이 51세였다. 어머니의 죽음은 나를 한층 더 불모지로 내쫓는 결과를 낳았다. 집과 형제들을 돌보지 않는 형들과 아직도 철이 들려면 먼 여동생의 안위까지 다양한 것들이 나를 힘들게 하였다.

그즈음 징병검사가 있었다. 컴퓨터 모니터에 쓰여 있는 글자를 청색 테이프가 길게 붙은 바닥에 차려자세로 서서 크게 외치는 게 당시 징병검사의 마지막 무슨 선언처럼 내려지는 수순이었다. 다른 청년들은 모두 "현역", "방위" 그러면서 퇴장을 하였다. 나는 글자가 잘 보이지 않아 모니터 근처까지 다가가서 확인하여 보니 두 글자가 아니라 네 글자가 쓰여 있었다. 그래도 큰 소리로 외치는 수밖에 없었다.

"병역면제!"

이런 남자와는 결혼하지 마라

…

"째리 공장인데 괜찮나요?"

성남 종합시장 근처 2층 허름한 직업소개소에서 눈이 짝 찢어진 아주 못난이 아가씨가 내게 한 말이다. 얼굴과 목소리와는 아주 대조적인 아가씨였다. 어머니가 돌아가시고 난 후 나는 그렇게 젤리와 잼을 만드는 공장에 들어가게 되었다.

당시 큰 공장들은 매년 신체검사를 병원을 통해 실시하고 있었다. 이곳에서는 내 부족한 시력을 피할 수 있지 않을까 싶은 생각에 일단 들어가 놓고 보자는 심사였다. 어머니가 1991년 1월 8일에 돌아가시고 나는 3월 5일에 입사하였다.

이곳에서 나는 눈이 나쁜 걸 최대한 숨기려 애썼다. 폐렴과 결핵을 앓다가 먼저 실명한 눈이 더 좋았던 눈이었으므로 내 시력은 과거 공장들을 다닐 때와는 달리 형편없었다. 무조건 힘든 일부터 도맡아 하기로 했다. 그 힘든 일이라는 게 대부분이 시력과는 상관 없는 일이었기 때문이었다.

내 체력은 징병검사를 받았을 때 52킬로그램이던 것이 65킬로그램으로 어느 정도는 회복이 되었으므로 거칠 게 없었다. 당시 중앙시장 근처에 있는 '스타헬스클럽'을 다녔고, 식당에서는 내가 먹고자 하면 어떠한 것이든 얼마큼의 양이든 마음대로 먹을 수 있던 것도 나의 체력을 이만큼 회복시켜 놓았다.

설탕 500포대도 상관없었고, 1,000포대도 번쩍번쩍 들어올렸다. 공장이 주택가 안쪽에 위치하였으므로 물엿, 포도당, 전분, 냉동 딸기, 고과당 등 식재료를 화물차들이 공장 입구에 그냥 내려놓고 쌩하니 달아나 버렸으므로 그걸 공장 안으로 들이는 일은 당연 내 몫이었다. 나는 '헬스클럽에 일부러 가서 운동도 하는데 이것도 운동이라 생각하면 돈도 벌고 운동도 하고 얼마나 좋은 일인가!'라고 생각하였다. 그런식으로 일을 하니 남들 다 가는 신체검사나 건강검진과 같은 것들을 나는 피할 수 있었다. 사장은 내가 눈이 좋지 않다는 것을 이미 간파하고 있었던 거였다. 그렇게 내가 최종 실명을 할 때까지 근무한 곳이 이 잼과 젤리를 만드는 공장이다.

그 공장에서 9년 3개월 동안 일하면서 결혼도 했다. 마냥 침울해 있던 나에게 동생 세인이가 자기 회사에 다니는 언니를 한번 만나

보라는 거였다. 소개 자리에서 나는 깜짝 놀라지 않을 수 없었다.
세상에나 얼굴도 못생겼고, 키도 작고, 안경도 쓰고, 덧니에, 피부는 까무잡잡해서 여자의 매력은 하나도 느껴지지 않는 여자였다. 언젠가 직업소개소에서 본 그 여자가 아닌가 순간 착각을 하였다. 그러나 나는 이렇게 생각했다.

'이 여자라면 죽을 때까지 나를 배신하지 않겠구나.'

방황을 마치려고 1997년 결혼을 했다.

그 후 대략 결혼 생활 13년 무렵인 2010년 나는 결혼 생활을 정리했다. 이혼을 한 것이다. '이 여자라면 죽을 때까지 나를 배신하지 않겠구나.' 하는 마음은 나 스스로를 오만 가득한 사람으로 만들어 놓았다. 무슨 일을 하더라도 '나니까 너한테 이렇게 해 주는 거야.'라는 마음을 가지게 한 것이다. 그런 결과는 뻔한 거였다.
나는 아이 엄마에게 몹쓸 짓을 많이 했다. 육체적 폭력은 전혀 없었으나 언어의 폭력은 이루 말할 수 없이 극심했다. 그래도 떳떳했다. 나니까 너하고 살아 주는 거니까. 그게 10년, 20년 지속될 수 없다는 것을 그 당시 나는 몰랐다.
젤리 공장 경리나 클럽에서 만난 미스 주와 같은 여자들과 비교하다가 가지게 된 못된 언어 습관이 결국 내 결혼 생활을 실패로 만들었다.

미친 봉사

...

"너도 미쳤고, 너도 미쳤다!"

1999년 11월 말경, 나는 가장 친한 친구 민구와 지리산에 있었다. 벽소령 산장에서 전직 군인 장성이었던 소장이 나와 민구를 손가락으로 번갈아 짚어 가며 한 말이다.

그 손가락의 하나는 눈이 보이지 않는 나를 거기까지 끌고 간 내 친구의 몫이었고, 또 하나는 그런 시력으로 거기까지 끌려 올라간 내 몫이었다. 정상적인 발걸음으로 1박 2일 정도면 돌았을 종주 코스를 4박 5일을 걸려서 완주하였으니 그런 소리를 들을 만했다.

내가 공장을 차리려 할 때 주변 지인들이 '장애 진단을 받아 두면 사업을 할 때 도움이 될 수도 있을 거야.'라고 했다. 그래서 성남 인하병원으로 진단을 받으러 간 것인데 의사가 수술을 권했다. 그동안 미국에 가도 못 고친다는 얘기를 듣고 십수 년을 살아왔

보디빌딩 국내 2위 선수인 손님과 함께

는데 그동안 의학이 그만큼 발전이라도 했단 말인가 싶었다.

빛을 찾을 수 있다는 희망을 갖고 1999년 6월 초자체 혼탁 제거 수술을 받았다. 당시 이 수술이 얼마나 큰 수술이라는 것은 나와 내 주변 사람들은 아무도 몰랐다. 수술하던 도중 망막박리가 발생해서 그것을 붙이는 수술을 했지만 또 떨어지고 그러면 다시 수술하기를 반복하였다.

그러다 내가 마지막으로 받은 수술은 염증제거 수술이었다. 망막을 실리콘으로 덕지덕지 땜질해 놓은 탓에 더 이상 떨어지지 않고 있었다. 그러나 연거푸 치른 수술로 인하여 각막에 염증이 과다하게 생겨서 빛을 망막 쪽으로 들여보내지 못하고 있었기 때문에 그 염증을 제거하는 수술을 받기로 한 것이다. 그러나 염증을 제거해도 빛은 돌아오지 않았다. 나는 초자체 혼탁을 제거하다가 망막박리 수술을 수차례 해야 했고 최종적으로 염증 과다로 실명한 셈이다.

보디빌딩으로 탄탄하게 다져 놓은 몸이 엉망이 되어 버렸다. 보디빌더 성남시 체급별(78kg) 3위의 기록은 하루에도 여러 차례 투약되는 항생제 주사로 인해 흔적도 없이 사라졌다.

그때 벽소령 산장에서 소장이 말한 '미쳤다'는 의미는 내게 많은 것을 생각하게 하였다. 미쳐서 돌아가는 세상에서 나라도 똑바른 정신으로 살아가야지 하는 다짐으로 정말 뭔가에 '미쳐야겠다!'는 결심을 했다.

나 이제 봉사로 살아가리라

…

돈을 벌기 위해 이런저런 사업을 하다가 마지막으로 운영하던 당구장을 팔아 버렸다. 과연 내가 비장애인들처럼 이런 사업을 지속하면서 살아갈 수 있을지 자신이 없었다. 앞으로의 진로에 대해 좀 더 신중해야 할 필요가 있었다.

당구장을 팔고 나서 가장 친하게 지내는 민구와 만석을 집으로 불렀다. 친구들 보는 앞에서 나는 처음으로 눈물을 흘리고 말았다.

"나 이제 봉사로 살아가야 할 것 같아."

지금 생각해 보면 2000년도만큼 바쁘게 살아 본 해도 없다. 마지막 눈 수술을 1월에 받고 빛을 전혀 볼 수 없는 전맹이 되었다. 내 일생 최고의 위기 속에서 아들이 태어났다. 음력으로 3월 3일 제비 오는 날, 양력으로는 세계 보건의 날이다. 조산으로 인하여 당시 조금 걱정스러웠으나 별다른 이상이 없어서 천만다행이었다. 아들 이름을 민서(敏舒)로 지었다. 민서가 조금만 일찍 태어났어도 어렴풋하게나마 아들의 얼굴을 볼 수 있었을 텐데 하는 아쉬움이 있다.

아빠가 된 사람이 검정고시 준비를 했다. 맹학교에 입학하기 위한 요건을 갖추기 위해서였다. 그동안 공부와 담쌓고 살았기에 기초 학습이 전혀 안 되어 있었다. 그래서 한국시각장애인연합회에서 운영하고 있는 복지관을 찾아가서 테이프로 된 자료들을 제공받았으나 공부가 쉽지 않았다. 카세트를 틀어 놓고 얼마 가지 않아서 꾸벅거리며 졸기 일쑤였다.

사법고시를 준비 중이던 민구의 도움을 받기로 했다. 민구가 1주일 동안 같이 숙식하면서 도와주기로 했다. 먼저 서점에 가서 문제지를 하나 샀다. 그간 출제되었던 5년 치의 문제들을 기술해 놓은 아주 유용한 자료였다. 그걸 발견한 것은 큰 수확이었다. 문제지에서 쉬운 건 그냥 읽기만 하고 어려운 건 낱낱이 분석을 하면서 풀어 나갔다. 퀴즈 풀기 하듯 하니까 정말 재밌었다. 방에서 하다가 거실로 나가서도 하고, 지루하면 공원에 나가서도 풀고, 카페에 들어가서도 계속 문제를 풀었다. 나는 눈이 보이지 않아서인지 사람들의 시선에 신경을 쓰지 않았는데 민구 말로는 지나가는 사람들이 저 사람들 뭐하나 싶어서 빤히 쳐다보았다고 한다.

쉬운 건 그냥 빨간 줄을 쳐서 읽지 않고 넘어가기를 하다 보니 나중에는 한 권을 읽는 데 반나절도 걸리지 않게 되었다. 하지만 도저히 이해가 안 되는 것도 있었다. 기초가 없어서 발생하는 문제였다. 민구는 조바심을 냈다. 대강이라도 설명해서 이해시키려고 애를 썼다. 그러나 나는 특이한 방법으로 그 문제들을 풀기 시작했다. 매년 출제되었던 문제들의 공통점이 있다는 걸 알게 되었다. 같은 문제를 가지고 약간씩 변형하여 다시 출제한다는 사실을 간파했던 것이다.

시험은 5월 말경에 치렀다. 당시 나는 점자를 몰랐기 때문에 교육청에서 나온 시험감독관이 문제를 읽어 주면 손가락으로 번호를 표시하여 답안을 적어 주는 방식으로 시험이 치러졌다.

시험 결과 채점표를 받아 보니 100점 과목이 두 개나 있었다. 보통 검정고시를 치르면 합격자가 70% 불합격이 30% 그러는데 2000년도 전반기 검정고시를 치른 사람들한테서는 결과가 거꾸로 나왔다. 문제가 예상외로 어려웠던 것이다. 합격자가 30%밖에 나오지 않았다고 한다. 그리고 최고 점수를 받은 사람이 보통 90점대 중반을 받는데 그해 검정고시에서는 최고 점수를 받은 사람이 87점이었다. 그게 나였다. 기적같은 성과였다.

그해 민구가 또 사법고시에 떨어졌다. 낙방이 안타까우면서도 나는 너스레를 떨었다.

"너는 무슨 고시를 그렇게 여러 번 치르냐? 나처럼 한방에 해치워야지."

친구들이 내 머리통을 쥐어박으며 '검정고시도 고시냐?'라고 핀잔을 주었다. 나에게 검정고시 고득점 합격은 시각을 잃고도 살아갈 수 있다는 자신감을 준 것은 틀림없는 사실이었다.

검정고시를 끝내자마자 점자와 흰지팡이 보행 방법 등을 배우는 생활교육을 받았다. 한국시각장애인복지관에 입소하여 16주 교육을 이수하는 동안 정말 열심히 최선을 다했다.

기초 점자 교재를 끝내고 국어책을 읽으며 속도를 높이는 과정에 들어갔을 때 나는 선생님께 여쭈었다.

"여기서 최고로 책을 많이 읽고 나간 수련생이 몇 권인가요?"
"열여덟 권이다."

생각보다 많지 않았다. 나는 머릿속으로 실현 가능성을 계산하고 있었다.

"왜? 한 번 도전해 보게?"
"못할 것도 없죠."
"허봉사(당시 내 애칭이 허봉사였다. 임지빈 선생님이 그렇게 불러서 다른 수련생들도 모두 따라서 불렀다), 말도 안 되는 소리 하지 말고 얼른 책이나 읽도록."

일단 도전해 보기로 했다. 되든 안 되든 해 보고 싶었다. 목표가 생기면 물불 안 가리고 미친 듯이 몰입하는 승부사 기질이 꿈틀거렸다.

어느 날 보행 교사이신 한태순 선생님이 나를 불러서 야단을 쳤다. 피로회복에 도움이 되는 구연산 가루를 구해다가 졸음이 올 때마다 손가락으로 찍어 먹고 찍어 먹고 하면서 점자를 쓰고 읽고 하던 것이 들통이 났다. 아마도 기숙사 사감 할배가 고자질했을 것이라고 생각하고 있었다.

그런데 23년이란 세월이 흐른 2023년 11월 17일, 구상솟대문학상 시상식에서 한태순 선생님을 만났다. 대전에서 상을 받으러 온 훈련생을 안전하게 안내해 주고 축하해 주기 위해 오신 것이다. 오랜만에 만났는데도 바로 며칠 전에 있었던 일처럼 그때 그 시절의 얘기를 나누었다.

"선생님! 구연산 사건 기숙사 사감님이 고자질해서 안 거지요?"

한 선생님은 아니라고 손사래를 쳤다. 선생님이 기숙사와 독서실 점검 들어갔다가 알게 되었다고 하셨다. 그 당시는 고자질한 사람이 너무나도 원망스러웠지만 지금 와서 생각해 보면 모두가

2023구상솟대문학상 시상식에서

2023구상솟대문학상 시상식에서

고마운 사람이다. 나의 건강을 염려하시어 무모한 도전에 브레이크를 걸어 주신 것이니 말이다.

16주 교육 과정 중 12주가량 지났을 무렵에 열세 권을 읽고 있었다. 이렇게 읽으면 열여덟 권의 기록을 잘 하면 깰 수 있겠다는 생각이 들었다. 그런데 임지빈 선생님께서 갑자기 말씀하셨다.

"스톱! 이제 영어 약자 들어간다."

"에이 그러는 게 어딨어요?"

"허봉사 말대꾸까지 하는구나?"

"그게 아니고 기록 갱신해야 하는데…."

"그 수련생도 영어 약자까지 모두 마스터 하고 세운 기록이다. 오늘부터는 국어책 읽기는 저녁에 기숙사 들어가서나 하도록."

결국 최고 기록은 깨지 못했다. 그러나 최고 수련생에게 주는 수상은 내가 차지했다. 부상으로 점자시계를 받았다. 점자시계는 시각장애인에게는 필수품이었지만 당시는 쉽게 구할 수 없는 귀중품이었다.

시각장애인 문자인 점자를 배우고 난 후 컴퓨터 교육을 받았다. 초급과 중급 과정을 연이어 이수했다. 그 역시 도전이었다. 이때 내 별명이 다시 바뀌었다. 임지빈 선생님 때문에 허봉사로 불리우던 것이 '사'자를 떼어 내고 그냥 허봉으로 불리게 된 것이다.

'허봉.txt'

컴퓨터 강사 겸 재활 부장으로 계신 백남중 부장님께서 수업 중에 파일명을 그렇게 쓰셨는데 그것이 그냥 내 별명이 되어 버렸다.
요즘은 장님이나 봉사 그리고 맹인이라는 단어는 사용하면 안 되고 반드시 시각장애인이라고 지칭해야 한다고 장애인 관련 용어를 정리하고 있지만 원래 봉사는 조선 시대의 관직으로 종8품의 문관 벼슬이다. 돈령부, 봉상시, 사옹원, 내의원, 내자시, 내섬시, 예빈시, 군자감, 군기시, 관상감, 전의감, 사역원, 선공감, 광흥창, 양현고, 사재감, 제용감, 전생서, 혜민서, 전옥서, 풍저창, 종묘서, 평시서, 사온서, 의영고, 장흥고, 숙릉, 의릉, 순릉 등에 1~3명의 봉사를 두었다.

이렇듯 봉사(奉事)는 예전에 궐 내에서 고위 벼슬에 속한다. 조선 시대에는 시각장애인 관청인 명통시가 있어서 나라의 길흉화복을 위해 독경(讀經)을 하였기에 시각장애인들을 존중하여 과거를 치르지 않고도 봉사(奉事)의 벼슬을 주었다고 한다. 그런데 봉사가 오늘날에서 시각장애인을 낮춰서 부르는 호칭으로 변했다.

나는 허봉사 혹은 허봉으로 불리는 것이 전혀 기분 나쁘지 않았다. 그 이름이 바로 나의 정체성을 부여해 주었다.

'나 이제 봉사로 살아가야 할 것 같아.'라고 마음을 먹으니 시력을 잃은 것이 아니라 이제부터 눈을 감고 살아가는 것이 당연한 듯이 받아들였다.

맹학교에 입학하다

...

드디어 2001년 3월, 대전맹학교에 입학을 했다. 내 나이 30세에 고딩이 된 것이다. 대전맹학교에는 어렸을 때부터 시각장애가 있어서 16세 학생이 대부분이었지만 중도에 시력을 잃고 맹학교로 온 나이 많은 학생들도 있었다. 시각장애인들은 으레 안마사 자격증을 취득하여 안마사로 경제활동을 한다. 나도 먹고살기 위해 안마사자격증 취득을 목표로 세웠다. 물론 맹학교에 들어갈 때까지는 아주 많은 유혹이 있었다. 당구장 브로커인 안 사장이 뻔질나게 내게 전화를 했다.

"허 사장, 그러지 말고 당구장 딱 한 번만 더 해. 허 사장 찾고 있는 사람이 있어. 태평동에 서른두 대짜리야. 이거 팔면 큰 거 한 장은 건질 수 있다니깐."

1999년부터 대략 10여 년 동안은 당구장들이 된서리를 맞았다.

특히 2000년은 그 정도가 심하여 우리나라 당구장의 약 80%가량이 사라졌다. 당구장뿐만 아니라 오락실, 만화방, 기원, 탁구장, 비디오방 따위들이 무차별 폭격을 당하던 시기였다. 그 이유는… PC방 때문이었다.

그런 비수기 때에 권리금을 10배도 넘게 튀겨먹고 달아난 사람을 당구장 업계에서는 그냥 놔두지 않는 것이다. 전화번호를 어디서 수소문한 것인지 하루에도 몇 번씩 자신들의 가게에 와서 그렇게 좀 해 달라는 당구장 사장들이 수도 없이 졸라대고 있었다. 가까운 곳은 성남에서 멀게는 서울, 인천에서까지 줄기차게 전화가 왔다. 작은 곳은 서너 대 규모의 가게와 크게는 50대가 넘는 대형의 가게도 있었다.

하지만 나는 흔들리지 않았다. 좀 더 멀리 봐야만 했으므로 맹학교가 더 절실했다.

대전맹학교로 학교를 정한 건 여러 가지 이유가 있다. 먼저 처갓집이 대전에 있었다. 재학 기간에 아내가 아이와 함께 가 있을 곳도 내가 대전에 있으므로 해서 나름 편리할 것 같아서 그랬다.

또 하나는 점자를 배울 당시 최고 기록을 세운 수련생의 나이가 18세였다고 하는데 서울맹학교로 들어가게 되면 그러한 아이들이 많을 것 같았기 때문이다. 그런 아이들과 발맞춰 공부할 자신이 없었다.

나는 이곳 대전맹학교에서 내가 글 쓰는 사람으로 발을 딛게 한 첫 번째 은인을 만났다. 기존 국어 선생님이 다른 학교 교감으로 전근을 가신 후 잠시 기간제 교사로 들어오신 이언미 선생님이었다.

어느 날 교실에 들어오자마자 모 대학 입학 모집용 글짓기가 있는데, 이 반에는 혹시 응모할 사람 없느냐는 거였다. 그때 내가 손을 든 것은 나도 정말 모를 일이었다. 대학 진학할 계획도 없으면서 자원한 것은 지금 생각해도 신기한 일이 아닐 수 없다.

아무튼 열심히 썼다. 어릴 적 고향 이야기를 재밌게 쓰려고 과거 추억을 회상하면서 한 주가량을 책상에 앉아 달그락달그락 손가락을 놀렸다. 그렇게 쓴 글을 선생님께 가지고 갔다. 그랬더니 선생님께서는 깜짝! 놀라시는 거였다.

"세상에나, 이걸 글이라고 써 온 거냐?"

쥐구멍이 어딜까 낯을 들 수가 없었다. 한편 '1주일 동안 내가 헛짓을 했구나.' 싶으니 허탈, 허무 그런 단어들만 생각났다.

그때부터 선생님께 고마워할 일이 시작되었다. 하루 세 시간씩 총 5일 동안을 내가 쓴 글을 해부하기로 한 거였다. 문장을 구성하는 데 있어서 이러한 것은 되고, 저러한 것은 안 되고, 띄어쓰기는 어떻고 맞춤법은 이렇게 하는 거고… 첫날 한 행(行)을 수정하는 데만 하루가 모자랄 정도였다. '예전 학교 다닐 때 글자를 전혀 볼 수 없었어요.'라고 말하고 싶었으나 그럴 기회도 없었다. 그냥 선생님이 머릿속으로 우겨 넣는 것들을 받아들이기도 바빴기 때문이다. 그렇게 세 시간씩 5일을 수정하여 응모를 하였다. 그러나 당선은 되지 않았다.

그리고 염치도 없게 무슨 장애인진흥원인가 하는 곳에서 주최하는 공모전에 글을 또 써서 보내기로 했다. 이건 자발적으로 한번 해 보려는 거였다. 선생님께 무작정 들고 가서 부탁드렸다.

"이것도 한번 봐주세요."

선생님은 역시나 꼬집기 명수였다. 마구마구 꼬집히듯 수정하였다. 그렇게 수정하여 보낸 것도 당선이 되지는 못했다. 그래도 상관 없었다. 이때부터 나는 글을 쓰는 일이 재밌어졌기 때문이다.

대전맹학교 BBS 통신망과 '넓은마을' 시각장애인 재활통신망에는 가끔 혹은 자주 각종 글 공모가 올라온다. 주로 독후감이 가장 많고, 수필이나 소설 등도 간간이 올라온다. 그러한 곳들에 원고를 보내는 일이 내 학교생활 중에 가장 큰 보람이 되었다.

부산, 경북, 전북, 대구, 서울, 인천 등 독후감으로 상을 받았고 대전, 대구, 부산에서는 수필이나 소설로 상을 받았다. 상품권이

올 때도 있었고, 부상으로 탁상용 시계나 손목시계 등이 올 때도 있었다. 그때 가장 크게 받은 것이 행운의 열쇠였다. 그렇게 받은 행운의 열쇠가 두 개나 되었다.

학교생활도 나름 즐거웠다. 행사 사회를 보는 일이 자주 생겨서 내 속에 다른 재능이 하나 더 숨어 있지 않을까 하는 생각도 들었다.

노란 하늘

…

졸업과 동시에 진학할 사람은 진학을 하고 취업을 할 사람은 취업을 하는데 나는 지압원을 곧바로 개업하기로 했다. 여기서 나는 과거 미친 짓을 또 시작했다. 일단은 머리 먼저 드밀고 보는 것이다.

처음이니까 일단은 적은 규모로 시작하기로 했다. 대전 동구 대동에 30여 평 정도 되는 공간으로 안쪽에서는 살림도 할 수 있었다. 간판을 달고 매트를 사다가 깔고 커튼도 예쁜 것으로 둘렀다. 고급스럽지는 않더라도 너무 싸구려로 보이지 않게 시설을 꾸미니 아늑했다.

그리고 지압원 허가를 받기 위해 안마사협회에 갔다. 그런데 그곳은 허가가 나지 않는 곳이었다. 허가가 나는 곳이 따로 있다는 것을 나는 모르고 있었다. 상업지구에서는 어디든 허가를 낼 수 있으나 근린생활 주거공간 2종인 곳에서는 허가를 낼 수가 없다는 것이다. 이러지도 저러지도 못하고 망연해하고 있으니까 협회 직원이 툭 뱉었다.

"그냥 하세요. 뭐 원장님들 중에 허가 안 내고 하시는 분들도 있어요."

시설을 다른 곳으로 옮겨 갈 수도 없으니 별다른 도리가 없었다. 그래서 집에 돌아와서 바로 개업 준비를 했다. 부분 안마 가격은 두 종류 1만 원과 2만 원이고, 전신안마는 4만 원이었다. 그렇게 가격표를 걸고 영업을 시작하니 동네가 워낙 못사는 곳이라서 그런지 전신은 하나도 들어오지 않고 부분만 계속 들어왔지만 열심히 해 주기로 했다. 침을 20분 맞고 핫팩으로 20분 찜질하고 안마를 15분 정도 해 주는 방식이었다. 첫 달부터 흑자를 보았다.

이런 일이 있었다. 동구청 사회과 소속으로 자원봉사 총회장인 분이 가게에 놀러 왔다. 어떤 업장(業場)인지 어떤 사람이 운영하고 있는지 궁금하여 들렀다고 하였다. 그래서 안마를 하고 있으며 침과 핫팩을 서비스로 해 준다고 했다. 그랬더니 자신은 당뇨가 있어서 그런지 종아리와 발바닥이 너무 시리고 아프다고 하여 한번 서비스로 해 드릴 테니 받아 보시라고 했다.

열심히 해 드렸다. 허리부터 시작하여 허벅지 종아리 발바닥을

꼼꼼하게 주물러 주었다. 침도 놓았다. 핫팩 찜질도 해 주었다. 그랬는데 그냥 가셨다. 그렇게 열심히 해 드렸는데 단돈 만 원도 못 내고 가시는지, 왜 그렇게밖에 못하는지 이해할 수가 없었다.

그런데 그다음 날 또 오셨다. 그래도 열심히 해 드렸다. 근데 역시나 계산은 없었다.

'세상에'라는 한탄이 절로 나왔다. 사건은 3일째 되던 날부터 시작되었다. 이때부터 그 회장님이 주축이 된 자원봉사 대원들이 우리 가게에 찾아오는 주요 손님이 되었고, 홍보요원이 되기도 하였다. 거의 모든 대원들이 우리 지압원을 다녀갔으니 예상치도 못한 대박을 터트렸다. 시각장애인으로 경제활동을 하며 살아갈 수 있도록 길을 열어 주신 고마운 분의 성함은 현광순 회장님이다.

그 회장님 같은 분이 대략 세 분이 더 있었다. 한 분은 지금 필자가 운영하고 있는 '시인안마원'에서 한 시간이나 떨어진 곳, 금산에서 이곳까지 안마를 받기 위해 아직도 나를 찾으시는 부부(최종준)이고, 또 한 분은 내과 전문의인 최우석 원장님이시다. 마지막으로 한 분은 지금 현재 운영하고 있는 가게 근처에서 결혼컨설팅 사업을 하시는 진서연 소장님이시다.

손님을 자신의 차에 태워서라도 모시고 오는 분들이기에 그 당시 대부분의 고객은 바로 이 네 분의 지인이었다. 그렇기에 하루 20명이 올 때도 있었고, 30명이 올 때도 있었다. 혼자서 운영을 하던 때이고 당시는 현금을 사용했기에 돈을 직접 받을 수 없어서 늘 이렇게 말했다.

"거기 두고 가세요."

그러면 전화기 밑에, 컴퓨터 모니터 밑에, 화분 밑에, 또 어떤 분은 내가 알 수도 없는 곳에 두고 가신 분들도 있었다. 그 돈은 지금도 못 찾았다. 그냥 적당한 곳에 잘 두고 가셨으리라 믿을 뿐이다.

그런데 그렇게 손님이 많은 가게를 접어야만 하는 일이 발생했다. 동구 보건소에서 전화가 온 것이다. 대뜸 허가를 내지 않고 영업을 하면 어떻게 하냐고 버럭버럭 하는 거였다.

그리고 원래 까마귀 날면 배도 같이 떨어지는 법인가, 사고도 하나 발생했다. 70 정도 되어 보이는 건장한 남자 어르신을 안마하던 중에 발생한 일이었다. 엎드리라 하고 등을 안마할 때 10번 흉추쯤 되는 곳에서 '뚜둑!' 하는 소리가 느껴졌다.

등줄기에서 무언가 쪼르르! 타고 흘렀다. 시각장애가 생기기 전이었으면 앞이 캄캄해졌다고 말했겠지만 오히려 세상이 노래지는 듯했다. 골절 사고였다. 수습을 어떻게 해야 할지 모를 정도로 허둥지둥했다. 모시고 병원에 가서 치료비를 대납해 드리고 원하는 게 있으시면 말씀하시라 했더니 성질을 내셨다.

"내가 뭐 보상비나 바라고 이러는 줄 알어?"

천만다행 조용히 넘어갔지만 손님이 많이 줄었다. 하루 평균 20명 오던 것이 7, 8명으로 확! 줄었다. 소문이 나지 않도록 애를 썼건만 쌍바위골 가스 새듯이 어디선가 그 흉악한 것이 슬금슬금 퍼져 나가고 있었던 것이다.

마침 수원 소재 허브안마시술소에서 연락이 왔다. 안마사가 이번에 퇴직을 하면서 빈자리가 발생하였으니 혹시 올라올 생각이 있느냐는 거였다.

'그래. 3년 만 벌어서 내려오자. 3년 만 벌면 그럴듯한 가게를 차릴 수 있을 거다. 맹학교에 또 들어갔다고 생각하고 3년 만 딱 눈감고 참는 거다.'

나는 나 자신을 달래고 설득시키며 대전을 떠날 결심을 하였다. 그것이 난관을 해결하는 유일한 방법이었다.

아픈 이별

...

그렇게 근무하기 시작한 시술소 생활은 정말 편했다. 벌이도 좋았다. 먹을 것도 잘 공급되었다. 무엇보다 책도 맘대로 읽을 수 있었다. 지압원을 하면서 잠시 내려놓았던 독서도 다시 재개할 수 있었다.

컴퓨터용 텍스트로 된 도서라든가 녹음 도서라든가 아니면 점자책까지 마구마구 읽기 시작했다. 내가 이 글을 작성하고 있는 현재까지 하루 평균 1.5권의 독서량을 유지하고 있는 것은 그 무렵부터이다.

「한강」(조정래), 「소설 동의보감」(이은성), 「객주」(김주영), 「장길산」(황석영), 「변경」(이문열), 「상도」(최인호), 「무궁화 꽃이 피었습니다」(김진명), 「가시고기」(조창인), 「국화꽃 향기」(김하인) 이러한 소설들은 한 번만 읽는 것이 아까워 스크린리더를 이용한 컴퓨터 도서 외에 녹음도서로 대출하여 서너 번씩 반복해서 읽었다.

아무튼 그 시술소에서 돈벌이는 정말 좋았다. 첫 달에 안마로 400만 원을 벌었고 팁을 150만 원 받았다. 간간히 안마 알바로 돈을 더 벌었다. 3년 계획을 달성하면 정말 좋은 가게를 차릴 수 있을 것만 같았다.

그렇게 3년을 채웠다. 그런데 아내가 집을 먼저 사자고 했다. 그래서 한참 고심을 하다가 그렇게 하기로 했다. 그래서 안마원 창업은 조금 더 멀어졌다.

대출을 내서 집을 샀기에 그 대출금을 갚느라 2010년이 되었다. 그런데 그때부터 부부 관계에 슬슬 문제가 발생하기 시작했다. 두 주에 한 번 비번을 내서 내려가는 집은 왠지 자꾸 남의 집이 되어 버린 것 같은 생각이 들었다. 싸움도 잦았다. 가능한 아들 보는 앞에서는 싸우지 않으려고 애를 썼으나 그것도 쉽지 않았다.

앞에서 잠시 언급했다시피 내 오만은 또 극치를 달리고 있었는지도 모른다. 피차 잠자리도 서먹서먹해지고 있었다. 그러다 보니 비번이 나도 집에 내려가지 않는 날이 한 번 두 번 늘어 가고 있었다. 그런 중에 아이 엄마가 직장을 구했다고 했다. 순간, 그래 이제 아주 갈라설 준비를 하는구나 싶었다. 이혼을 하자는 말에 아이 엄마는 정색하였다. 무슨 소리 하는 거냐고 펄쩍 뛰는 거였다.

"그럼, 부부도 아닌 게 같이 호적에 둘 이유도 없지 않겠어?"

나는 객쩍은 소리도 했다.

"니가 아무래도 나 없이 잘 살 수 있을 것 같아서 그렇게 나를 대하는 것 같은데 그럼 혼자 잘 살아 봐라."

나는 생활비를 끊어 버렸다. 결국 2010년 6월 25일, 6.25사변이 터졌던 그날 우리 부부는 이혼하게 되었다. 나는 내 할 도리는 다 해야 할 것 같아서 집을 등기 이전해 주고 통장에 있는 돈 2천 7백만 원을 모두 이체해 주었다. 그리고 아이가 고등학교 졸업을 할 때까지 매월 1백만 원씩 양육비로 보내 주기로 했다.

연이라는 것은 억지로 이어 놓을 필요가 있을까 싶은 게 당시에 들었던 내 마음이었던 것 같다. 지금은 잘했다는 생각이 들지는 않지만, 후회스럽지도 않다.

인간답게 살기 위해

...

2013년 2월, 느닷없이 나는 그 허브안마시술소에서 해고를 당했다. 억울했다. 업장의 부조리를 목격하여 그걸 운영자들에게 고한 것이 해고의 원인이 되었다.

"잘했다. 잘했어."

말로는 잘했다고 하면서도 해고는 했다. 있지 말라는 걸 억지로 있을 필요는 없었다. 그냥 과감하게 보따리를 쌌다. 참으로 잃은 것과 얻은 것이 많은 직장 생활이었다. 가장 크게 잃은 것은 가정을 잃은 것이며 가장 크게 얻은 것은 나 허상욱을 도로 찾은 것이다.

이혼과 해고라는 아픔을 치유하기 위해 중대한 몇 가지를 실행하였다. 하나는 직업 이외에 취미를 하나 가지기로 한 것이다. 그

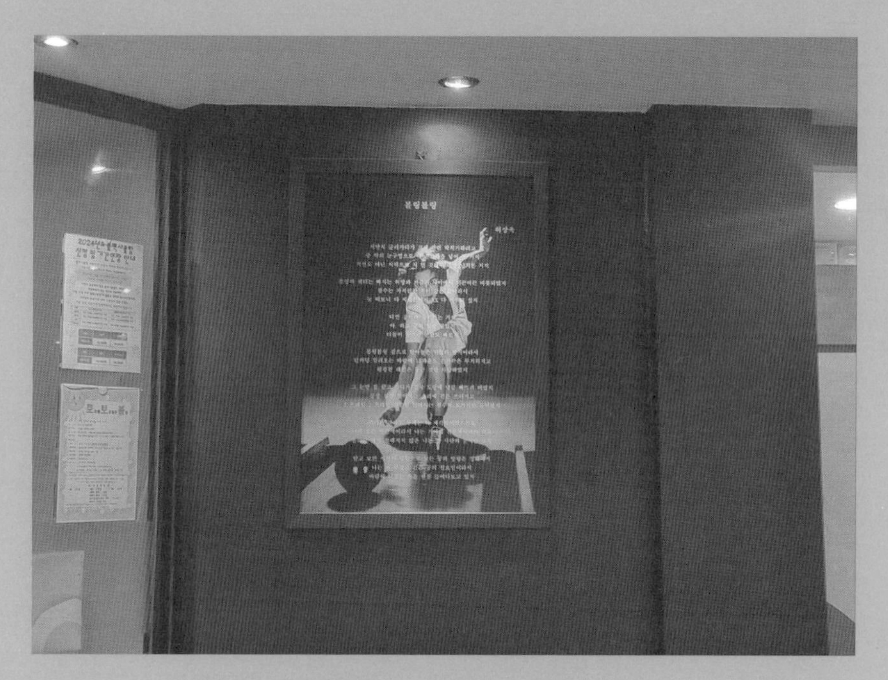

둔산그랜드볼링센터에 게시되어 있는 허상욱의 작품

볼링 투구

볼링 투구

것은 내 육신의 건강을 위한 것으로써 운동을 하나 해 보기로 하였다. 마침 대전에 아는 분이 볼링 동호회를 결성한다기에 얼른 가입하였다. 이것은 필자가 대전에서 '시인안마원'을 운영하고 있는 현재까지 1주일에 거의 한 번도 빼먹지 않고 지속하고 있는 취미 생활이다.

이 취미 생활로 선수로 대회에 출전하여 수상한 기록도 여러 번 있다. 전국체전 메달이 다섯 개, 각종 시장기 배 트로피와 메달이라면 박스로 두 박스 분량이 있다. 대전 시장님에게 받은 감사패와 공로패는 진열장에 넣어 두었다. 차곡차곡 접어서 책꽂이에 넣어 둔 상장들이 한 뼘이 넘는다. 이것이 내가 얼마나 열심히 운동을 했는지를 보여 준다.

또 다른 하나는 맹학교 당시 글쓰기에 잠시 맛을 들였던 것을 특기를 다시 살려 보려는 시도였다. 먼저 SNS에 가입을 하고 하루도 빠지지 않고 글을 올리기 시작했다. 나름 재미도 있었다. 코믹 글과 책에서 발췌한 문장과 내가 직접 쓴 글들을 번갈아 가며 매일 게시를 하니 팔로우하는 친구들이 날로날로 늘어 가기 시작했다.

독서량도 많이 늘었다. 양적인 것에서 이제는 질적인 것까지 고려하여 두루 섭렵하게 되었다. 이것은 내 굳어져 가는 두뇌를 활성화시키는데 꼭 필요했다.

볼링 전국체전 메달들

세 번째 결심은 금연이었다. 2010년 당시 담뱃값이 많이 오를 것이라는 기사들이 나오는 것도 그렇거니와 각종 법규들이 애연가에게 점점 불리해지고 있어서 나는 결심을 하지 않을 수 없었다. 20년 넘게 피워 오던 것을 단숨에 끊는다는 것은 쉽지 않았다. 그러나 나는 허상욱이지 않던가? 허상욱이 못할 게 무언가? 이렇게 나 자신을 추켜세우며 금연의 고통을 참아 냈다. 당연히 이것도 성공을 했다.

이 글을 작성하고 있는 시점까지 십수 년이 되도록 단 한 대도 피우지 않았음으로 금연은 당연히 성공했다고 자신할 수 있다. 만약 내가 담배를 피우게 된다면 그건 다시 배운 것이지 못 끊은 게 아니라고 말하고 싶다.

금연은 제쳐 두고라도 취미로 시작한 볼링과 특기로 시작한 글쓰기는 나름 내 직장 생활에서의 큰 의미를 가진다. 내가 2013년까지 근무할 당시 나와 같은 방을 쓰다가 퇴사한 안마사들이 수도 없이 많다. 그들은 자신을 위해서 아무런 것도 하지 않았는데 나는 그 모습이 왠지 슬퍼 보였다. 그래서 나는 직업, 취미, 특기 이 세 가지를 각각 다르게 가질 필요가 있다고 생각하였다.

하나는 직업으로써의 필요 요건이고, 하나는 육체를 위한 것이며, 나머지 하나는 두뇌 건강을 위한 것으로 세 가지가 맞물려 있어야 인간다워진다고 생각하였다. 그래서 나는 직장인들에 있어서 이 3종세트는 꼭 따로따로 두어야 한다고 말하고 싶다.

소중한 인연

…

따뜻한 봉사로 사는 법
—허상욱 시인에게

대전의 P대학 평생교육원 창작반에는 시를 쓰는 봉사가 있다. 그는 선천적 장애가 아닌 후천적 병고에 의한 경우였다. 벌겋게 뜬 눈으로 세상을 주유한 끝에 다시 낯선 형상을 짓는 일, 따뜻한 봉사의 견지에서 딱딱한 몸을 풀어 주는 안마사를 선택했던 것이다. 그가 통증 진단에 손을 쓴다면 미녀 감별에는 목소리를 살핀다. 요령부득 봉사 시인을 위한 결단이었을지도 모를 일이다. 이 여자는 섹시한 여자, 저 여자는 괄괄한 여자, 이 여자는 순정적 여자, 저 여자는 순악질 여자 등등 그의 판단에는 한 번도 오류가 없었단다. 시퍼런 두 눈보다는 귀를 기울이는 순간 환하게 보인다는 것이다. 옛말에 이르길 사람도 나이가 화갑이면 이소(耳笑), 즉 귀로 웃는다 하지 않던가. 봉사란 세상의 통증을 어루

만지며 소통하는 일, 그것이 그에겐 목소리의 색깔로 형상을 짓는 일이었던 것이다.

-강희안(시인·배재대 교수)

오늘의 나를 있게 한 두 번째로 찾아온 인연 가운데 한 분은 지금까지 나를 이끌고 계신 은사님이신 배재대 강희안 교수님이시고, 또 한 분은 오늘까지 내 활동지원사로 내가 하는 일을 돕고 있는 김혜자 여사님이다.

2013년 3월, 내가 배재대학교 평생교육원을 찾아갔을 때 나를 아무렇지 않게 받아 준 교수님과 같은 반 문우(조국성, 오상영, 서인원, 정금윤, 이형자, 이선 시인 등)들은 지금도 눈물 나도록 고마운 분들이다. SNS를 통하여 시(詩)랍시고 써서 포스팅하다가 보니 어느 순간 이건 시가 아니라는 생각이 들었었다. 그래서 2013년 수원 가게에서 해고됨과 동시에 배재대학교 평생교육원에 등록을 하였다. 그 인연이 지금까지 10년이 넘도록 이어지고 있다.

대전에서 처음 만난 활동지원사는 내가 조만간 가게를 차릴 수도 있다고 말을 해 놓았었는데 막상 가게를 계약하고 나니 바로 그만두었다. 그러다 만난 분이 지금의 활동지원사이다. 어떠한 일이든 싫은 내색을 하지 않고 항상 묵묵히 일하는 분이다. 더욱이

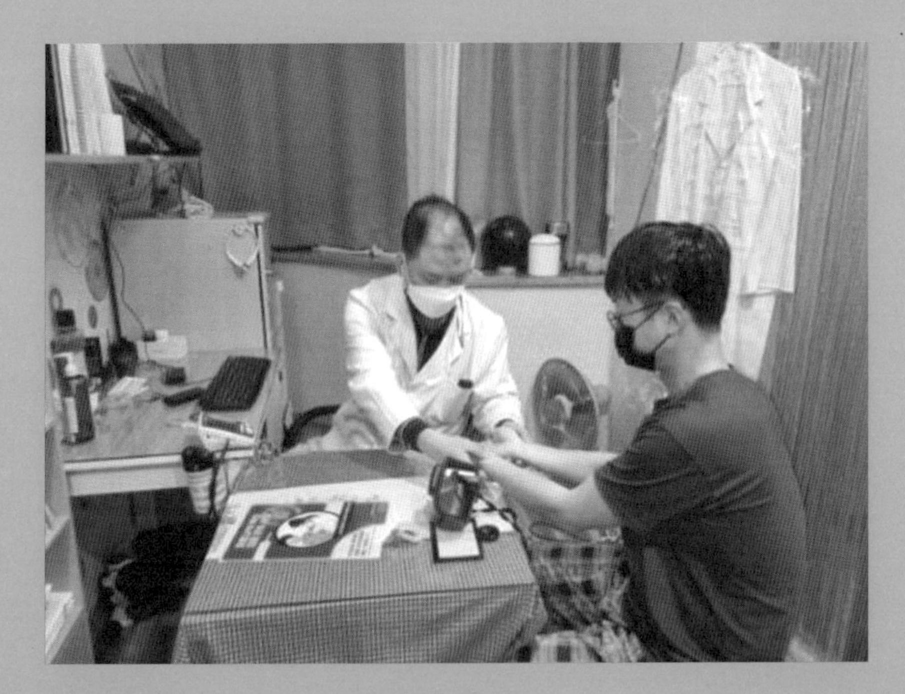

시인안마원 진료

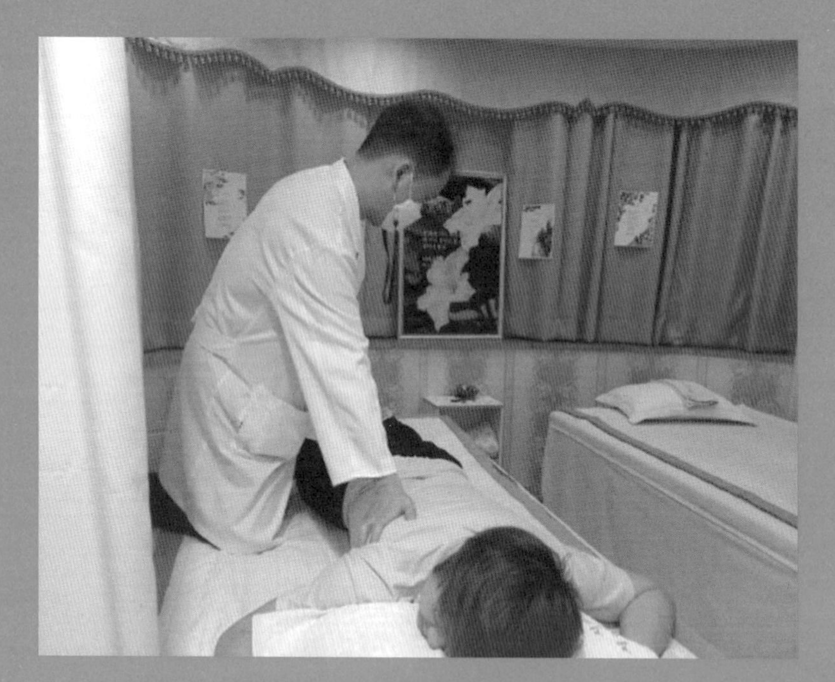

시인안마원 진료

이분은 일부러 내가 골라서 채용한 것도 아닌데 국문학과 출신이어서 나에게 큰 도움이 되었다. 배재대학교 과제물이나 시집을 엮을 때 오탈자를 미리 한 번 훑어보고 알려 준다. 참으로 특이한 인연이 아닐 수 없다.

아마도 내가 글을 쓰게 하려고 하늘에서 일부러 이러한 분들을 나에게 보내 주신 것이 아닌가 싶다.

이 세상에서의 첫 번째 인연은 나를 낳아 주신 분과의 인연이며 내가 살아가면서 만나게 되는 인연들은 모두 두 번째 인연이다. 나를 낳은 사람이 부모님이라면 나를 기른 사람은 세상 모든 사람이라는 생각이 든다.

지금껏 살면서 고마운 사람들만 있었던 게 아니라 몹시도 밉던 사람도 없지는 않았다. 그러나 지나고 나면 결국 나를 완성하고 나를 이 자리까지 떠밀어 준 계기가 되었다. 하여 내가 미워할 사람도 고마워할 사람도 따로 구분 지을 필요가 없다는 사실을 깨달았다.

2023구상솟대문학상 주인공이 되다

…

구상솟대문학상은 1991년, 『솟대문학』 창간과 함께 솟대문학상을 제정하여 운영하다가 원로시인이신 고(故) 구상 선생님께서 솟대문학상 발전 기금으로 2억 원을 기탁함에 따라 2005년, 솟대문학상의 명칭을 '구상솟대문학상'으로 개칭하였다. 매년 공모를 통해 1명의 시인을 선정하여 상패와 상금 300만 원을 수여하고 『솟대평론』과 『E美지』에 수상자의 작품 세계를 소개한다.

수상작

일당 빼먹기

허상욱

대전 유성 먹자골목 일당뼈다귀해장국집*
장님들 마주 앉아

---

* 대전 유성 먹자골목에 자리한 맛집

냠냠쩝쩝 뼛골 빼먹고 있다

극돌기 횡돌기 관절돌기 사이사이
은근슬쩍 숨은 속살을 찾아
날카로운 이빨 여린 혀 날름거린다

처음 맵고 뜨거운 그 덩어리의 손길은 엉거주춤 소극적이었을 것이다
이제는 남의 등살 주물러 먹고사는 시원한 손이기에
골 빼먹는다는 건 늘 신나고 재밌는 일

주머니 속에는 척주 기립근 대둔근 주물러 주고받은 안마 일당 십여만 원이 있고
유유상종 침묵이란 게 있기에
잠시 한때나마 이토록 끈끈한 식욕으로 다가온다

치명적 뼈와 골의 사이는 태초부터 있었던 것이기에
거기 깊숙이 박인 살들은 쉽사리 빠져나오지 않는다
일당이란 게 원래 다 그런 것이다

돼지등뼈 수북한 뼈통엔 얼씬도 않는 공허한 눈길들
뿌옇게 서려 가는 김 너머
그들은 차곡차곡 쌓여 가고 있다

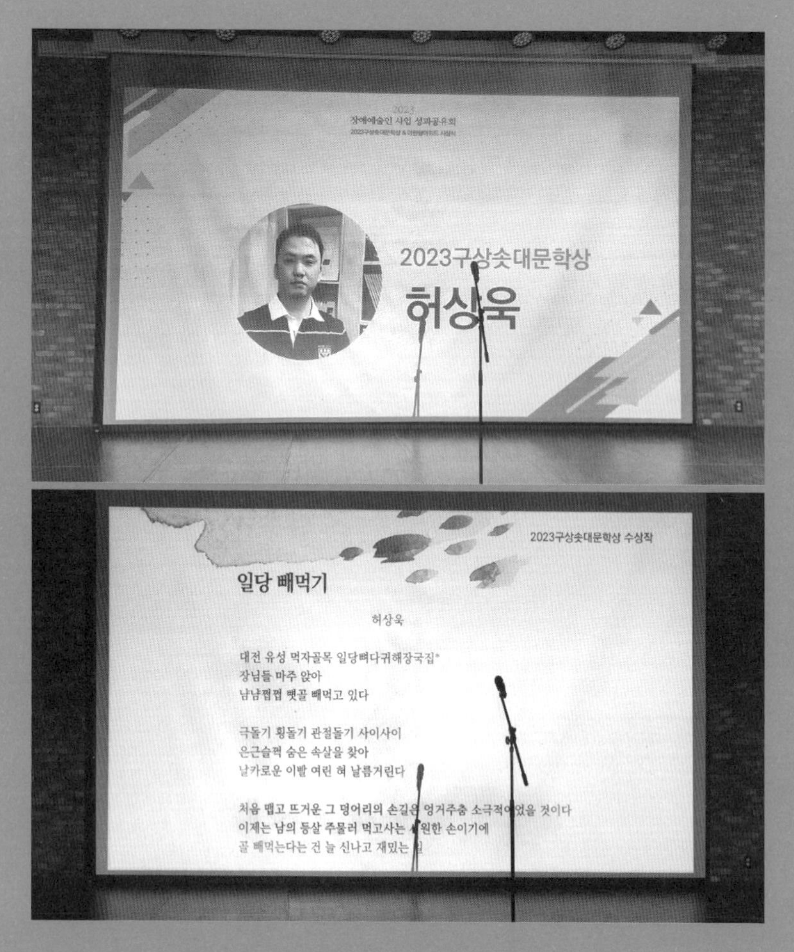

2023구상솟대문학상 시상식 무대 화면

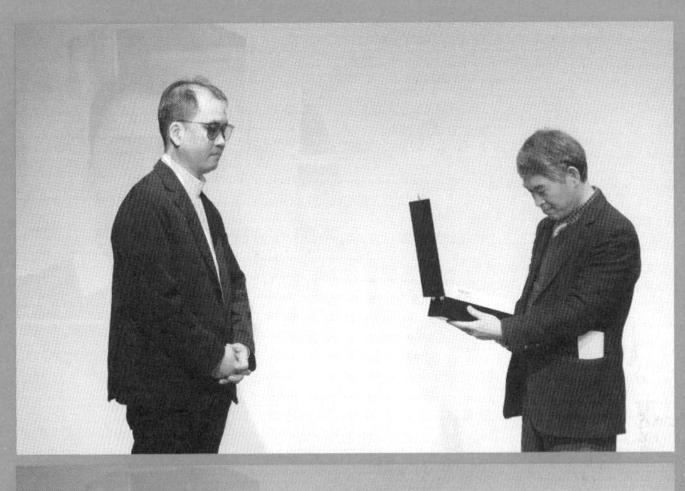

구상솟대문학상 시상식장에서 심사위원장이신 맹문재 교수님과 함께

구상솟대문학상 시상식장에서 심사위원장이신 맹문재 교수님과 함께

55대1의 경쟁률을 뚫고 선정된 허상욱 시인

2023년 구상솟대문학상 심사위원회는 허상욱 시인이 응모한 10편의 작품 중에서 〈일당 빼먹기〉를 수상작으로 선정했습니다. 작품의 화자는 시각장애인으로 남의 등살 주물러 먹고사는 일을 하고 있습니다. 다시 말해 일반 사업장에 취업하기 어려운 시각장애인들이 많이 종사하는 안마 일을 화자 역시 하고 있는 것입니다. 〈일당 빼먹기〉에서 화자는 다른 시각장애인들과 함께 먹자골목에 있는 뼈다귀해장국집에서 뼛골을 빼먹으면서 자신의 일을 당당하게 인식하고 있습니다. 이러한 면이 이 작품의 미덕입니다. 안마 일은 사람의 근육과 뼈 사이사이를 주무르는 일로 정성을 다해야 합니다. 또한 척주 기립근 대둔근 등을 주무르는 일이기에 많은 힘을 써야 합니다. 화자는 그렇게 힘든 일을 하고 일당 십여만 원을 받기에 자신의 노동 대가가 얼마나 소중한지 잘 압니다. 따라서 그 일당으로 뼈다귀해장국을 사 먹으면서 골 빼 먹는다는 건 늘 신나고 재밌는 일이라고 말하는 것은 아프기도 하고 즐겁기도 합니다. 화자의 이 말은 반어적으로 읽히기도 하지만, 자신이 하는 일에 최대한 긍정하는 자세로 보입니다. 허상욱 시인이 응모한 다른 작품들도 대상과의 거리를 적정하게 유지해 감상적이거나 추상적이지 않고 긴장감을 유지하고 있습니다.
-맹문재(안양대학교 국어국문학과 교수)

허상욱 대표작

개밥그릇

깨끗이 핥아도 개가 먹던 것이라고 했다
여름 한철 의미 없는 빗물이 고이고
가끔씩 일그러진 주둥이로
훌쩍! 뒤집어지는 소리를 냈다

끼니마다 수신인 없는 날것들
누구보다 먼저 날아와 새카만 무리를 짓기도 했다
참말 같은 새들 몇 마리 찾아와
내 어설픈 발치를 쪼아 대기도 했다

적절한 굴복을 마련하기 위한 것이었으므로
나를 챙겨 주는 일용할 그릇이었으므로
말에 베인 혀가 쓰라린 밤
젖은 코를 킁킁 맡아본 적 있다

핥을수록 갈증이 더해 가는 이 비운 때문에
짖지 않으면 더 고파지는 이 운명 때문에
핥아도 다 핥아지지 않는 밥알 하나가
까만 손톱자국처럼 남기도 했다

심장까지 관통한 공복을 향해
흰 이빨을 날카롭게 드러내기도 했다
보잘것없어도 내 것이기에
누구에게도 내어 줄 수 없다

구절초

첫째 마디는
한때의 새끼손가락인 듯 그냥 뿌리인 듯
천진의 어느 한 끝부분이라
흙이 측은하여 세상의 틈으로 내어준 흔적이다
절절 순서대로 기어 나올 마디로
이때가 봄이라 이 수작도 생경한 시작이다
마디마디 피어나려면 봄이 가슴을 두드릴 때라
그럴 때는 아예 들판으로 걸어가는 것이라
맞춤한 호흡같이 저만의 몸짓같이

애달픈 시력으로 들여다볼 마디라
당연한 구절조차 낯설어하는 빛깔이다

둘째 마디는
혼자 살 수 없어 너 나 의지하는 마디라
저 먼 들판을 더 멀리 보려다
눈 맞은 시지의 방향이었으므로
기다림이나 포기의 자리를 가슴에 옮겨 키우는 방식이다
고개 꺾이지 않고 바람 한두어 마디로 더듬어 올라
세밀한 눈빛으로 조근조근 등 긁는 모양이다
뒷산 아직 설 녹은 바람으로
먼 언덕 너머 달빛 같은 연민의 절이라
미혹의 밤바람 소리마저
고개 숙여 귀담아들을 마디다

셋째 마디는
보루를 균형을 위한 마디로
내 마음인지 네 마음인지 모르는 걸 품에 껴안고
양팔 가득 너 나 어화둥둥 즐거워할 때라
그 보드라운 걸 보듬고 좋아라 어르고 해거름까지 흐르던 연민으로
짓는 웃음 너머로 헤벌쭉 만연해지는 얘기다

매운 황새냉이보다 붉게 익은 맨드라미보다
까슬까슬 이어 가는 덩굴장미보다
이 시디 쓴 마디가 더 기특한지라
화단에 젖은 풀 몇 가닥 내버려 두며
쓸쓸한 입 우물거리는 자리라
마디로 울다 웃다 한 살 더 떠먹이는 나이다

넷째 마디는
날로 흥분 고조되어 잎 더 파란 마디라
푸릇푸릇 벽을 세운 풀숲도
피다 만 잎도 녹록하다
마디도 맞춤하여 네 마디라
제 살 퍼렇게 게워 내도록
한참 충혈된 시절 돌아볼 것 없는 흥이 즐겁다
잎 내밀다가 손가락 사이 다른 잎을 훔쳐볼
아직은 파란 잎이라
허공 제 키 높이려고 이리저리 까치발 떼는지라
씁쓸한 잎 두어 절 떼어 내 준다

다섯째 마디는
오, 감동만으로 잎 다 피울 수 없는 마디라
허공 무슨 흔적 내려고 여기저기 손짓하는 몸짓이라

2023구상솟대문학상 수상

길어올린 물 쓴물인지 신물인지도 모른 채
밤낮 풀풀대느라 분주하다
풀은 한때 그냥 풀이었던 제 몸짓을 흔들다가
파릇한 젊음 그 싱싱한 시절로 하염없이 뻗는지라
화단 경계가 허물어져 온통 들이 산이 꽃이다
다만 보아주는 이 많아도 깊이 봐주는 이 없어 초라한 잎이라
알아주는 이 없어 씁쓸한 잎이라
그냥 잎만 파랗다

여섯째 마디는
처마 너머 얼비치는 햇것의 눈동자로도 제 몸이 뜨거워지는 계절이라
생각의 그림자 같은 노을 몇 점
이마 그림자로나 새겨질 흔적이다
이글대는 잎에는 뜨거움을 참느라 차양의 고랑처럼 날로 깊어가는지라
군락이 되어 가라앉을 한숨을 그러모아 놓은 것이다
가장 높은 곳의 부리 같은 열기가 닿은 곳만 넓어지는지라
가린 손바닥같이 파랗게 펼쳐든 것이다
그저 한참 길어진 고개로 저 너른 곳
내려다볼 수 있으니
진한 대지의 색깔로 그 청춘 차츰 물들어가는 것이다

일곱째 마디는
이제야 그 뜨겁던 영혼의 녹은 물 잎맥에 흘러
한 뼘 선 자리에도 감사할 줄 아는 마디라
장성한 화단에 앉아 밤새 만든 별똥별 치켜든 모양이다
절절 파랗게 일생토록 접은 잎새 하나
보여 주고픈 셈이다
꺾이어야 할 관절이 남아 있다면 아직도 찢어야 할 잎이 남았다면
기꺼이 감수하겠노라 지금도 내미는 잎이다
또한 먼 강물보다 가까운 흙에 발 담그고 있어
더 좋은지라
마디에 마디로 올라서 있는 풀이 황송하다

여덟째 마디는
길어 올린 잎을 자랑하지 않으며 간간 넓어진 시간을 흔들며
바람을 내게 부르는 나이라
너보다 내가 먼저 죽기를 바라는 나이다
길어진 마디만큼 바람의 잎을 벌리고 서 있는 시절 한 그루라
어깨 잠시 흔들렸을 뿐
뿌리는 여전히 굳건하다

암울한 옆구리 마디마다
갈라진 고랑으로 깊어진 것이다
왜 아직 흙을 떠날 수 없는지 모호한 굵기라
집에 들지 못하고 늦어 가는 일상만 흔들어 놓는다

아홉째 마디는
붉게 희어진 머리로 말하는 마디라
피는 꽃잎과 지는 잎새가 서글프다
간격이 서로 아프게 부딪히지 않으려고 절절 애쓰다가
살면서 기어이 죽어 가는 것을 알아 버리는 것이라
결국 꽃은 꽃 혼자 필 뿐 잎은 잎 혼자 쓴다
세상은 마디의 굳은 사이만 핥으며 순해지는 바람이라
누구에게만 향기 진한 잎을 내미나니
꽃 한 잎 피는 데 아홉 마디가 간다
이토록 완전한 것이나 그렇지 않은 것이나
곁을 덜어 낸 향기만 먼저 날아오르곤 했다

항해

그라니께 그 아줌니가 날 똑바로 누우라 그러더만
다리를 이렇게 들고 요렇게 요렇게
꺾고 비틀어 쌌는데
하이고 내사마 꼭 뱃놈들 노 젓는 모양새랑 똑같지 뭐다냐

그란디, 내가 거그 안마원서 침대에 누버
태평양을 몇 번이나 왔다 갔다 했다는 거 아녀
이 넓적한 뱃바닥을 하늘로 허고
내 택시 운전수 생활 30년 동안 끌고 댕기던
허리 요께서 짜르르 허던 게 어찌나 시원해 불던지,

침대는 삐걱거리제
허리는 골반은 뚜둑뚜둑거리제
온몸 삭신이 노근노근해지는데
눈 딱 감고 지구 대여섯 바퀴 돌고 온 기분여 글쎄

그 아줌씨 그 노 젓는 실력으로
자석들 대학 갈키고
시엄니 모시고 다 그랬다는 거 아녀
허기사 노 젓는 거랑 안마허는 거랑

눈 뵈는 거하구는 아무런 상관없는 것 같더라구

그러고, 계산해 불고 나올라 카는데
거그 안마원 거실에 커다란 배 그림이
떡! 하니 걸려 있는 거 아녀
아하! 싶었지 MO 뭐 그렇게 시작되는 싸인이 있었는데
아낸지 모넨지 그 화가 그림이라더만

아녀 이 사람아!
진작이고 위작이고 내 그거 따지는 게 아니고
머스마들 바다에서 노 저을 줄 알았제
진작부터 여자는 더 큰 배를 젓고 있다는 거 말하는 겨
그러고 거그 눈 딱 감고 태평양 왔다 갔다 허는 그 아줌니
고되고 힘들어도 얼매나 보기 좋은지,

자네, 커피 다 마셨음 컵 꾸기고 있지 말고 이리 줘,
자네도 법인택시 생활 끝내고 인자
개인으로 갈아탈 때 뒤앖잔여
부지런히 허라는 겨 방향키 핸들 단디 붙잡고
오늘도 신나게 한 번 달려 보는 겨
알것제?

추수 이후

차들 싱싱 지나는 신작로에서
노년의 부부가
승용차를 세워 놓고 고구마를 캔다
남의 밭에서

누가 다 캐낸 자리에서 저토록 열심히 호미질을 할까,
벌건 낯을 캔다
거칠디 퍽퍽한 흙을 열심히 판다
검은 비닐봉지에 흙 묻은 걸 주워 담는다
어떤 때는 호미질 두어 번에 주먹만한 게 나오고 어떤 때는 수십 번 호미질에 쥐꼬리 같은 게 중동이를 분지르며 나온다
저 고단한 호미질에 나는 또 무언가 한 마디 하려다 만다
그냥 구경만 한다

흙 묻은 호미 씻으며
저 위에서 붉은 물 흘려보내는 걸
물끄러미 하류에 앉아서 본다

문득
벌겋게

부옇게
손 씻은 물에 내 얼굴 비추며
흘러가는 걸 본다

고사리

내가 손바닥만한 죄에 사무쳐
낯을 들 수가 없어서
보다 더 습한 곳에
내 스스로 엎드려 기도하노니

사랑조차 구하지 않으며
심지어는 내 목을 꺾는 이를 미워하지 않기 위하여
더 그늘진 곳에 고개 숙여
이슬처럼 눈물을 또 흘리노니

행여 누가 내 빛을 가리더라도
내가 먼저 용서하며
죽을 때까지
더 깊이 웅크려 살게 하소서

시인 만들기

…

"시각장애인도 시인이 될 수 있어요. 봐봐요. 칠판에 일단 '시각장애인'이라고 먼저 써 놓고요. 거기서 글자들을 하나하나 지워 보는 거예요. 가장 딱딱한 느낌을 주는 글자가 하나 있지요? 그걸 먼저 지워 봐요. 시인은 쓰는 것보다 지우는 게 더 중요하거든요.

맞아요. '각'자예요. 누구나 그렇게 생각했을 거예요. '각'자가 들어가는 건 모두 딱딱한 느낌을 주잖아요. 각도기, 교각, 사각, 삼각 등등요. 그다음에는 두 글자를 한꺼번에 지워 보는 거예요. '시'자는 꼭 필요하니까 그냥 남겨 두고요. 뒤에 있는 '장애인'에서 두 글자를 지워 보세요.

'장'자와 '애'자를 먼저 지우실래요? 아니면 '애'자와 '인'자를 먼저 지우실래요? 물론 아무거나 먼저 지워도 상관없을 것 같지만요. '장애'를 지우느냐 '애인'을 지우느냐 하는 건 좀 중요하긴 해요. 장애를 지우면 '시인'이 되는 거고요. 애인을 지우면 '시장'님이 되는 거거든요.

그렇다면 애인을 먼저 지우고 시장님이 되어 보기로 해요. 시장님이 되려면 애인을 지워야 하는데 애인을 어떻게 지우는지 알려 드릴까요? 그 애인을 지울 수 없을 때는요? 세상 모든 사람을 애인으로 만들어 버리면 돼요. 애인과 세상 사람들의 경계를 허물어 버리는 거지요. 그러니까 시장님이 되기 위해서는 세상 모든 사람들을 사랑할 수 있어야 된다는 소리가 돼요.

그럼, 장애를 지우고 '시인'이 되는 방법은 어떻게 하면 될까요? 가진 장애를 지운다는 게 쉽지 않잖아요? 그렇다면 아까 시장님이 되는 방법과 같은 방법으로 하면 돼요. 세상 사람들을 모두 장애인을 만들어 버리면 되는 거예요. 사실 이 세상 사람들 장애인 아닌 사람 하나도 없거든요. 그 장애의 구분을 어떤 기준으로 만든 걸까 생각해 보면, 세상 사람들 장애인 아닌 사람 하나도 없다고 생각해요.

그렇게 세상을 보는 눈을 뜨면 장애를 가졌다 해서 위축될 필요도 없고, 그럴 이유도 없거든요. 길 가다가 예쁘거나 잘생긴 사람을 보면 사람들이 한참 쳐다보고 그러잖아요? 그런 것도 다 일반적인 범주에서 벗어났기 때문이라 생각하면 우리도 그들도 다 장애인인 셈이지요. 그걸 먼저 아는 게 시인이예요."

시각장애인을 칭하는 단어는 타 장애인에 비해 여러 가지다. 맹인, 소경, 장님, 봉사는 물론이고 우리 사이에선 전맹이나 약시와

2018년 점자의 날 기념식에서 축사

같은 단어도 세분화되어 사용되고 있다. 나는 언젠가 그중에서 장님과 소경 그리고 봉사라는 호칭을 왜 그리도 시각장애인들이 싫어할까 생각해 보았다.

그것은 대가가 지불되지 않은 호칭이라는 데 그 이유가 있다. 이를테면 과거를 치르지 않고도 벼슬을 주었다는 데에서도 알 수 있듯 상대를 부끄럽게 만든다. 연민의 대상이라든가 동정의 상대라는 것을 내포하고 있기 때문에 우리 시각장애인들이 그 호칭을 유독 싫어하는 것이다. 그렇다면 우리 시각장애인들은 어떻게 불러 주는 걸 가장 좋아할까?

'장님이세요?' '봉사세요?' '맹인이세요?' '전맹이세요?' '눈이 보이지 않으세요?'

우리는 보는 방법이 다른 사람, 즉 눈으로 보지 않고 다른 방법으로 세상을 보는 사람으로 생각하면 어떤 문장이 가장 적합한지를 알 수 있는 것이다. 만져 보고, 먹어 보고, 맡아 보고, 들어 보고, 생각해 보고, 느껴 보고… 그 얼마나 보는 방법이 많은가?

나는 개인적으로 '혹시 눈이 보이지 않으세요?'라고 물으면 '아네….'라고 기분 좋게 답변한다. 나는 눈이 보이지 않게 된 후 다른 방법으로 보는 사람이 되었다.

따뜻한 봉사로 사는 법

…

"선생님, 시 쓰기 정말 어려워요. 눈이 뵈는 게 없어서 그런가 봐요."

이것은 대전점자도서관 수업 중에 회원들이 수시로 하는 푸념이다. 시각장애인들의 예술 활동이 음악 쪽으로 편중되어 있는 것은 내가 이해하기 어려운 일이다. 시각장애인은 대체로 언변이 뛰어나다. 그러니 분명 글도 얼마든지 잘 쓸 수 있는 여지가 있다. 글짓기도 알고 보면 대화법의 한 종류라고 생각한다. 하나는 양방향이고, 하나는 일방형이라는데 차이가 있을 뿐이다. 그렇게 보면 그 양방향에서 일방형으로 전환하여 낱말을 조합해 보면 시 쓰기도 나름 어렵지 않다.

말은 한 번 뱉어 놓으면 끝이지만 글은 발표를 할 때까지 얼마든지 수정할 수 있어서 나름의 이점도 있다. 내가 시 한 편을 쓰는데 적게는 수십 번에서 많게는 백 번도 넘는 수정 과정을 거친다고 하니 입을 떡 벌린다. 본인들은 그렇게 못하겠다는 것이다.

또 잘 알려지지 않은 일일지 모르지만 시각장애인들의 독서량은 상상을 초월한다. 필자가 20년이 넘는 세월을 하루 평균 1.5권의 책을 읽고 있다면 믿겠는가? 그리고 나와 같은 혹은 나보다 훨씬 더 많은 이들이 그렇게 책을 읽고 있다면 쉽게 믿기지 않을 것이다. 그러나 이것은 사실이다. 아주 많은 이들이 그렇게 해 오고 있다. 그러니 나는 실제 시각장애인들이 글을 쓰지 못한다는 것이 이해가 되어지지 않는다.

착시

덜컹덜컹 지하철 노약석에 세 사람이 앉아 있는데
귀에 이어폰을 끼고 있는데
젊은 한 사람은 자고 있고 두 사람은 깨어 있다
깨어 있는 사람 중 한 사람은 노인이고
나머지 한 사람은 젊다

시청역쯤에서 노인 한 사람 이들 앞에 다가와서는
깨어 있는 젊은이를 향해 버럭 호통을 치는데
"이봐! 젊은이, 거 나이 먹은 사람이 서 있으면 냉큼 자리를 양보해야지.

대전점자도서관 시문예창작반 강의 중

왜 눈만 장님처럼 말똥말똥 뜨고 있는 게야! 엉?"
날카롭게 뻗는 손끝이 맵다

순간, 젊은이 품속에서 하얀 막대기 다발을 꺼내는데
시선이 일제히 집중되는데
"어이쿠 어르신! 죄송합니다.
제가 뵈는 게 없어서…."
라고 말하며 불쑥 일어서는데
묶여 있던 막대 다발이
촤르르, 요술같이 지팡이로 변하는 거다

보는 게 전부가 아니라는 듯
사람들 사이를 요리조리 빠져나가서
통로 저편으로 물 흐르듯 가서 섰는 거다

품속에 그걸 착착착! 다시 접어 넣는데
귀에 이어폰을 다시 찾아 끼워 넣는데
머리 위 손잡이도 능숙하게 더듬어서 잡는 거다
보시라, 보는 게 전부가 아니라는 듯

-부산점자도서관 주최 시, 수필 공모전 대상 수상작

대전문학관 문학 활동

시인안마원 직원들과 함께

Sweet Home

이 시에서 보듯 '착시(錯視)'라는 건 우리 시각장애인들에게선 있을 수 없는 일이다. 시각장애인들은 눈으로 보는 사람이 아니기 때문이다. 고로 세상 사람들이 우리 시각장애인들을 보는 눈의 착시를 조금이라도 거둬 가 주었으면 좋겠다.

이 책에서 여러 번 언급한 '나 이제 봉사로 살아가리라'라는 문장에 대해서 실제 눈치챈 사람도 지금쯤은 있을 것이다. 나는 이제 봉사를 받는 사람이 아닌 봉사를 하는 사람으로서 이 세상을 살아가겠다는 일말의 다짐을 내포하고 있는 것이다. 그렇기에 '나 이제 봉사로 살아가리라'라는 문장을 거듭 강조하고 있다.

그러니까 봉사가 되어 봉사를 하는 가운데 내가 그 '따뜻한 봉사로 사는 법'을 실천하며 살아가고 싶은 것이다.

나는 나 자신의 자화상을 이렇게 남긴다.

시(詩)라는 깊은 수렁으로 넘쳐나는 봇물 앞에서 매일 허물어지는 사내가 있습니다.

잠들 때나 깨어 있을 때나 기억의 파편들을 주워 모을 때나 사랑하는 사람을 그리워할 때조차 시의 저울에 올려놓고, 자신의 생을 기우뚱기우뚱 먼저 뛰어내릴 수 없는 시로 밥을 먹고 시가 깔아 준 이불을 펴고 누워 있으면서 하나의 조사를 삭제하지 못하고 진종일 곱씹다가 결국 꿀꺽 삼켜 버리고 캄캄한 밤의 대양을 삿대 하나로 저어 가는 한마디로 말해서 거기에 완전히 미쳐

달팽이의 집

허상욱 시집

시집 「니가 그리운 날」, 「달팽이의 집」

시집 「시력이 좋아지다」, 「너 내가 시집 보내줄게」

버린 사람입니다.

까마득 높은 하늘의 별들이라고 생각한 것들에 좀 더 다가가기 위해 옥상 위에라도 올라가거나 이미 빛이 사라진 눈을 자꾸 비벼 짓무르게 하거나 한껏 충혈되게 할 때만 자신의 시가 시로 읽혀질 수 있다고 믿는 사람이 있습니다.

알아주는 사람 하나 없다고 자신조차도 경멸할 수밖에 없다고 생각하던 것을 한 줄의 싯구로 살려 내려는 이 결연한 의지는 쉽게 망각되어서는 안 될 일입니다.

희붐하도록(날이 새려고 빛이 희미하게 감돌아 밝은 듯하다) 그려 놓은 나의 이야기를 음미하며 당신이 겪게 될 울적한 경험은 자아실현(自我實現)의 목적으로부터 온전히 탈각(脫殼)한 존재감이 감지되었다든가 그 까마득한 심경의 한가운데로 당신 스스로 입수(入水)한 일에서 시작된 것입니다.

냉동 또는 냉장의 형태를 벗어난 기억들을 탁자에 펼쳐 놓고 무언가 곱씹어 보려는 나의 이번 자전 에세이 글쓰기가 자꾸 기름칠을 해 줘야만 돌아가는 낡은 미싱의 페달을 밟는다거나 무릎 관절의 아픔을 자꾸 더듬어 본다던가, 저만치 불켜진 가로등을 향해 걸어가다가 발목을 수렁에 빠뜨리고 마는 그 암흑의 바다 한가운데로 걸음을 재촉한다던가, 온갖 수식의 난간을 들이받으며 범속(凡俗)하고 평범한 상식 속에서 나의 나열된 문구에는 꽃을 피우는 일을 지속하고 있다는 사실을 깨닫게 되었기 때문입니다.

신간 에세이집「60번 죽은 남자」

단순 봉사(奉事)에서 따뜻한 봉사(奉仕)로 전환되는 내가 달빛조차 힘겨운 새벽에 깨어나면 시린 늑골 안쪽으로 새겨지고 마는 문자의 홍수를 그 어딘가로 떠내려가지 않을 수 없다고 말합니다. 시인으로 하루를 살아 낸다는 것은 이미 그 범람하는 파도 속으로 스스로의 육신을 얹어 놓았기 때문입니다.

내가 제시해 놓고 그 안에서 사유하는 모든 것들을 만나야 하고 그들과 사랑을 하거나, 그들을 어루만지거나, 한 이불 속에서 가장 은밀한 대화를 속삭이거나, 함께 울고 또 웃는, 이러한 방식으로 시의 까마득한 지평을 다독이고 싶은 이유는 나는 아직도 따뜻한 피가 흐르고 있기 때문입니다.

허상욱

배재대학교 평생교육원 시문예창작반 수강(2013)
대전점자도서관 시문예창작반 강사 시작(2017~)

2023 구상솟대문학상
2022 대구문인협회 문학상
2021 부산점자도서관 시 · 수필 공모 대상
2021 대전문화재단 창작지원금 수혜
2020 한국장애인문화예술원 창작지원금 수혜
2020, 2013 ‘호메로스의 노래’ 시 부문 대상

2024 시집 「힘겹게 좀 더 느리게」 출간 예정, 장편소설 「무인도」 집필 중
2024 에세이 「60번 죽은 남자」
2023 김병익 시인 제5시집 「물메기 와불」 평설 집필
2023 월간 『나라경제』 이달의 초대 시인 추대
2021 시집 「너 내가 시집 보내줄게」
2020 시집 「시력이 좋아지다」
2017 시집 「달팽이의 집」
2015 시집 「니가 그리운 날」